中西視野的翻譯學概論

古添洪 著

臺灣 學生書局 印行

序　言

　　這本精簡的翻譯學概論是在當代西方文學、文化理論、以及中西比較視野下所撰寫的，與一般以語言學或實用語言學為基礎的翻譯學，應有所不同。這本小書，雖不敢說是別樹一幟，但可看作是筆者在當代西方理論、比較文學、以及中英翻譯經驗，延伸出去的一個產物。

　　我的專業素養是中西比較文學、當代西方文學與文化理論，不是翻譯。然而，在我的專業素養裏，也不免涉及翻譯理論，譬如記號學家雅克慎（Roman Jakobson）的經典之作〈論翻譯底諸語言學面向〉（"On Linguistic Aspects of Translation"）、班雅民（Walter Benjamin）的經典之作〈翻譯者的任務〉（"The Task of the Translator"）等。在臺灣師範大學研究所講授當代文學理論期間（1983 年前後），一位外籍學生帶給我一本剛出版不久的紐馬克（Peter Newmark）的專著《翻譯學的諸朝向》（*Approaches to Translation*, 1981），請我給點意見，我就讀了其中主要的內容，覺得語言學家底翻譯視野、方法學、與陳述，和我習慣的文學與文化理論，很不一樣。然而，因此姻緣，也就對「翻譯」這一門學科，有較完整的瞭解。及至 2003 年，受邀到世新大學英語系替大三、大四的同學開「翻譯學概論」，才認真地閱讀了與「翻譯學」有關的專書與論文，特別是堪稱翻譯學

奠基之作的尼達（E. A. Nida）的《朝向翻譯科學的建立》
（*Towards a Science of Translating*, 1964）一書，勉強算是漸入其
堂奧了。授課期間，我不用課本，而是仔細思考：「翻譯學」應含
有什麼內涵、什麼綱目。於是，列了課程大綱，並根據閱讀的論文
資料，每週順序作專題講述，由學生根據教材及上課錄音，整理
出筆記。這就是本書的原稿，也是本書撰寫的源由。在此謝謝世
新大學英語系 89 級甲班及其他班上有修習本科的同學的幫忙。
及至 2007 年到慈濟大學任教，開翻譯課，期間新增的主要教材，
則是來自哈提姆與蒙代（Basil Hatim and Jeremy Munday）合著
的《翻譯：進階資源書》（*Translation: An Advanced Resource
Book*, 2004）一書，而其中我最感興趣的莫如荷姆斯（James
Holmes）所倡導的、新興的跨學科的所謂「翻譯研究」
（Translation Studies），以及兩位著者在書中為此新領域所製作
的示意圖了。這新興的翻譯研究朝向，與我的學術訓練最為密
切，講解起來，有如魚得水的感覺，但我的講解並沒如以前的記
錄下來。當然，除新增教材外，也以此「筆記版」做為講義。

最後打算整理出版，就根據此「筆記版」重新修訂、更新、
擴充。在這過程中裏，在師大圖書館琳瑯滿目的翻譯學有關著作
裏，很高興發覺，我「筆記版」中的「綱目」很多都成了「專
著」了，可見當時我為「翻譯學」這一學科的思考，深得其綱
領；或者說，和後起的專業學者「所見略同」，堪以為慰。

近日，「翻譯學」已成為顯學。這類的著作真的很多。我這
本小書，還值得面世嗎？思索了一下，還是可以吧！這本小書可
提供讀者對這學科精簡的入門外，還有它獨特的跨學科、中西視
野並列的陳述。最後是一個小注，這裏所用的「翻譯學」一名，

指稱我心目中西方稱作的「Translatology」，而我以為它應包含
翻譯的全領域，其歷史、其通則、其理論、其品鑒、其跨學科，
甚至跨中西的比較性格等，是一個多面性向的立體呈現。本書在
學術性上有所加強，而略有別於坊間一般實用朝向的教科書。是
為序。

2018 年 10 月 5 日

中西視野的翻譯學概論

目　次

附錄

上篇
綜論篇

第一講　翻譯的定義及範疇

1.1　中西字源上的定義及其引申

　　在西方，從字源學（etymology）的角度而言，翻譯（translation）這個概念濫觴於拉丁文 "*translatus*"，而其字首 "*trans-*" 意指「穿越」（across）；而其字尾 "*-latus*" 則表示「攜帶」（carry）。全字的涵義便是「攜帶某物穿越到達另一地方」。它亦有其他的解讀，如「馱負」（to bear）或「移除」（to remove）等。故廣義而言，「翻譯」指「攜帶某物穿越到達另一地方」，但實際上它的引申義，不一而足。由拉丁文 "*translatus*" 加以延伸，「翻譯」指「將外國語翻譯成我們熟稔的本國語」。同時，「翻譯」可作多種解釋，如「傳達」（to transfer），「解讀」（to interpret），「抄寫」（to transcribe），或「換語精述」（to paraphrase）。[1]

　　在中國，談及翻譯的文獻，最早或為《禮記》〈王制篇〉。其謂：

　　　　五方之民，語言不同，嗜欲不同。達其志，通其欲，東方

---

[1]　參 https://en.wikipedia.org/wiki/Translation。

曰「寄」，南方曰「象」，西方曰「狄鞮」，北方曰「譯」。[2]

漢鄭玄注謂，「鞮之言知也，今冀部有言狄鞮者」。唐孔穎達疏曰，「謂帝王立此傳語之人，曉通五方之志，通傳五方之欲，使相領解」。[3]

此外，劉氏注曰，

此四者皆主通遠人言語之官。寄者寓也，以其言之難通，如寄托其意於事物而後能通之。象，像也，如意倣象其形似而通之。周官象胥是也。狄，猶逖也。鞮，戎狄履名，猶履也。遠履其事而知其言意之所在而通之。[4]

從這段引文及注疏裏，我們知道翻譯乃是根據實際需要，實際狀況而產生。如中國邊疆的蠻夷戎狄之間為了交流而產生；翻譯是一種實際的活動，以前沒有形成理論，經後人整理後才形成知性的論述。上述「寄」、「象」、「狄鞮」、「譯」，乃為「傳語」（即口譯）之用，應為主管四方邊疆民族的翻譯部門或翻譯官的職稱。孔疏甚得，謂翻譯者為傳語之人，而翻譯的行為與目的乃曉通與通傳兩方的志與欲，使相領解。翻譯者一方面要通達

2　《十三經注疏分段標點本》，周何主編，田博元標點（臺北：新文豐，2011）。

3　同上注。

4　清乾隆御製《全文禮記集注》（清范紫登原定，清徐文初參訂；百尺樓藏板）。今引自該書網路版。

對方的志與欲，一方面要把對方的志與欲通達到另一方，並且要達到相互領解的地步，可謂已深得翻譯的含義。通達一詞，更點出翻譯的基本義，像乘船一樣，從此岸通到、達到彼岸。通達二漢字的邊旁，即為此船渡的象徵。劉氏的注解，更切入「寄」、「象」、「狄鞮」、「譯」的意涵，以探其翻譯之理念，更是難能可貴。

　　以下是筆者對《禮記》引文的解釋與發揮：

　　(1) 翻譯的目的：「達其志，通其欲」。就「志」而言，指每個人的心志不同、想法不同；例如，北美印地安人著重「大地合一」，便把死去的人暴露在地上讓鷹吃；而漢人則多用土葬等等。「欲」指欲望與需求。翻譯的目的，便是使不同語言群間或個體間，在心智及欲望需求上，能互相溝通、瞭解。

　　(2) 翻譯的各種理念。根據傳統注釋，寄、象、狄鞮、譯，原皆為周朝的翻譯官或部門的名稱，但這些名稱似乎喻況著某些翻譯的理念，我們在此給予發揮，以略窺古人的翻譯理念。略言之，「象」，即「像」，即「類似」，意謂我以「類似」的話表達你說的話。「寄」，即「喻」，意謂透過「喻況」用我的語言來表達你的意思。「狄鞮」比較複雜。鄭注的意思，是說知解狄語者。然而，鞮解作知，只是音訓。根據劉氏之注，「狄鞮」中之「鞮」字指鞋子，並謂其意為「遠履其事而知其言意之所在而通之」。這解釋與英文片語 "walk in someone's shoes" 相若，意謂「穿著你的鞋子，體會你的體驗」。推衍言之，即以狄漢相若的「情境」，了解對方並以此與對方溝通。「譯」，即「易」，意謂語言之「變易」與「換易」。從上面小小的發揮，可看出「翻譯」概念與其多樣性，可以看出「翻譯」過程裏有關兩方的

關係，有「類似」、「喻況」、「變易」等策略，甚至以雙方相若的「情境」相溝通，作為翻譯的手段。這不同的傾向選擇，或是為了適應嗜欲不同的邊疆族群，達到翻譯互通的目的。

漢朝始出現「翻」來指陳「翻譯」，而「翻」有改變、變通之意。「翻譯」一詞，到漢末桓帝纔出現。根據《隋書》〈經集志〉所說，「漢桓帝時，安息國沙門安靜，齎經至洛，翻譯最為通解」。這可能是我國歷史上「翻譯」一辭出現最早的記載。根據語言發展的通則，古代多用單辭，故多用「象」、「寄」、「譯」，而近世多用複詞，而最終由「翻譯」一詞中取代了其他詞彙。然而，這些原初的辭彙，提供了我們對古人翻譯理念的了解。

1.2 翻譯的三大形式或範疇

俄國記號學家雅克慎（Roman Jakobson）把「翻譯」界定為以下三種形式。今譯出如下：

1. 同一語言系統內的翻譯（intralingual translation）。換言之，如目下我們在坊間所英詩之父喬叟（Jeffrey Chaucer）的《坎特伯里故事集》（*Canterbury Tales*），原本是由中古英語（Medieval English）寫成，但後人將它以現代英文（Modern English）改寫即是。又如我國的《古文觀止》以文言文寫成，但為方便現代讀者閱讀而有白話文的翻譯本出現。

2. 不同語言系統間的翻譯（interlingual translation）。此即我們一般所說的翻譯。換言之，即是從一個語言轉換到另一個語言，我們一般所說的「翻譯」即屬於此範疇。舉例來說，將法國

大文豪福婁拜（Gustave Flaubert）的 *Madame Bovary*，譯成中文的《包法利夫人》即是。

3. 不同記號系統（sign system）間的翻譯（intersemiotic translation）或轉換（transmutation）。對雅克慎而言，它是指用「非語言記號」（non-verbal signs）來解釋「語言記號」（verbal signs）的話語或文本。[5]

然而，我們不妨擴大雅克慎「不同記號系統間翻譯」的視野，界定為語言系統與非語言系統的相互翻譯，而非單邊的從語言系統之翻譯為非語言系統。事實上，從記號學（semiotics；為研究記號和記號使用行為的學科）的視野而言，「非語言」記號系統可謂林林總總，包羅萬有，不勝枚舉，現僅以藝術為例，即包含 1、繪畫系統（含色調、線條、形狀等構成機制，又細分為立體派、野獸派等等派別）。2、音樂系統（含樂音、音調、對位等構成機制，又細分為各種風格與派別）。3、多元媒介系統（如戲劇，含演員、背景、燈光、音樂、舞台等媒介）。筆者根據目前已有的實際情形，認為不同記號系統間的翻譯可進一步細分為以下四大類：

I. 由文學原著改編成電影或電視劇。例如白先勇《臺北人》其中一個短篇〈遊園驚夢〉搬上舞台，或其《孽子》為公視改編成電視劇即是。

II. 題畫詩。顧名思義，「題畫詩」乃是因畫而作。最為人熟知的例子為王維的題畫詩。其《輞川詩》共有二十首，並有

---

[5] 參其 "On Linguistic Aspects of Translation" 一文，引文見其 *Language in Literature* (London: the Belknap Press of Harvard UP, 1987), p.429。例子則為筆者的例子。

《輞川圖》，但《輞川圖》如今已散佚，僅存後人局部的摹寫。時人稱他「詩中有畫，畫中有詩」。又如筆者為某西方某版畫作品而作的兩首詩：〈題××的黑白木雕〉和〈版畫檔案／腹部扁圓的感覺〉。版畫及二詩附於本章末，以供參考。

III. 配詩與配樂：詩與音樂關係密切，自古已然，而詩樂同源，故中國歷來有「樂府」之設。詩格律嚴謹，富節奏感，因此常可入樂或譜曲。今人余光中的詩，作曲家李泰祥曾予以配曲入樂。

IV. 各種實驗性的微電影或錄影詩（viedo poem）。如筆者曾將英國詩人葉慈〈W. B. Yeats〉的詩作〈政治〉（"Politics"）加以想像延伸，寫成影片腳本，拍成微電影。[6]

1.3　朝向翻譯定義的當代描述

語源學（etymology）所提供的「翻譯」定義，是回溯與參照的基礎，而非最完備的定義，但根據前面的發揮，尤其是中國的資料，已是相當的豐富了。然而，這個語源學定義，並沒充分接觸到源頭語（source language）與目標語（target language）的互動，以及作為「中介者」的「翻譯者」的複雜關係，而這些卻是當代翻譯理論所探討所擅長的。現在就正規翻譯（translation proper）為著眼點，在翻譯的基本定義（從一語言過渡到另一語言）之框架裏，根據當代的各種論述，對翻譯的定義試作一個當

---

[6] 筆者在美國加州大學聖地牙哥（University of California, San Diego）修讀比較文學博士時，大約於 1979-80 年間，好玩之故，修了藝術研究所開的電影製作課，拍了上述微電影，作為期末的評鑒。

代的、較為周延、較為理論的描述。其定義大概為：翻譯乃是在兩個不同語言系統（源頭語與目標語）間尋求差異中的對等，乃是兩者間對話、抵抗、妥協、融會之過程，乃是兩個語言系統以及文本潛能的發揮與再生。這過程在特定的歷史時空進行並受其制約，而「翻譯者」則為此過程的「中介者」，其個人的主體亦參與其中，影響著這過程與成果。

詳言之，「翻譯」過程皆牽涉到兩個語言系統所含有的文化與歷史的內涵，包含著政治、性別、種族、階級等意涵，並非僅僅是語言層面的轉移，因為語言本身必然牽涉到其背後的這些文化與歷史因素。「翻譯」過程並非抽象的東西，而是經由「翻譯者」將兩個文化、語言系統加以實際的「中介」；「翻譯者」（translator）即為「中介者」（mediator），其個人背景會左右其理念，在翻譯上作出不同的選擇，使用不同的策略，心存不同的目的，服膺不同的美學思維等，更遑論其才具各自不同，故翻譯無絕對的客觀。簡言之，翻譯者的主體性、時空性、文化性，在「翻譯」過程扮演著一定的角色。

最後，文本所屬文類，是決定翻譯的最基本因素，實用的手冊、文學作品、廣告等，其翻譯取向自有不同，而由於文學作品是翻譯的大宗而又難度高者，故翻譯理論往往以此為對象，尤其是被視為本質上不可翻譯的詩歌，更是其關注的中心。然而，在昔日，文學未如此在世界蓬勃交流之際，聖經翻譯之在西方，佛經之翻譯在中國，為其文化交流之核心，其翻譯特為緊要，因而引申出來的翻譯理念與策略，也就成為中西方最基礎的翻譯觀。

* 下面為 1.1 節論不同（跨）記號系統翻譯例證時所提及的原西方版畫及本人的兩首題畫詩。讀者可把詩篇視作版畫的翻譯，兩兩對照，尋求其差異中的對等及翻譯時的詮釋面向。顯然地，不同（跨）記號系統間的翻譯，與不同（跨）語言系統間的正規翻譯相較，其詮釋面向大為開放，其創意與變異空間特為開闊。[7]

---

[7] 本人的兩首詩，見拙著《書寫在歷史的鞦韆裏》（臺北：萬卷樓，2015），頁 110-113；200-201。

第一首

題 ＸＸ 的黑白木刻

——我從來沒這麼感動過　妳是藝術形象的唯一

瘦臉三角形

瘦肩三角形

直線垂身

又瘦肘三角形

前方被妳底黑眼睛

盯住得無涯無盡

妳底黑眼睛絕對不跟著看畫人跑

妳以上身及於跨部的立姿豎直

從手背直連下來的五條指筋

一排乾拱的細長竹有節眼

薄薄的皮膜撐開

橫下及於腹胯

構成一個內三角形

托住斜靠的男人頭

一個鬆弛的扁橢圓

　（是敘述工業革命的可憐礦工麼？

身體躺在床上麼？坑上麼？）

他底闔眼皮和妳底黑眼睛對比

他底死亡與妳底活著類同
他裸及為畫框切割的前胸
與妳不裹絲巾的修長頸脖也是對等
男人還能感到妳底體溫與蠱麼？
指骨風乾的弦琴在男人底頰脖間
還能彈出性的樂章麼？

四方形四方形
四方形四方形
四方形四方形
四方形四方形
四方形四方形
四方形四方形
四方形四方形
四方形四方形
的磚塊
一面牆
牆上到處有現實
與及木刻的斑駁
就在妳背後
把妳及男人隔絕
隔絕一個完全屬於妳倆的空間

第二首

版畫檔案／腹部扁圓的感覺

想像妳面對一張畫

瘦削的女子

腹部扁圓支撐著

礦工丈夫氣息微弱的頭

想像妳的身體走進女子的身體

感覺怎麼啦？

下腹部微微的體溫

一絲絲含混的

性與死亡？

請想像她背靠著怎麼樣的

一面土牆或磚牆

沒有削平的土磚是不是給妳

刺刺的很有真實的物質感覺呢？

不要放棄妳的美學經驗

土磚牆上斑駁的裂痕與污垢

在砌牆砌牆砌牆砌牆砌牆的規則圖案上

詮釋著無名的歲月感

與禪機的有成有壞

妳／你在找尋它

真實的場景嗎？
我們現在推行本土化
就請在本土檔案裏找

第二講　可譯性與不可譯性

對於語言的「可譯性」（translatability）與「不可譯性」（non-translatability）都有其正面（樂觀）與及負面（懷疑）兩種不同的立場，茲從下面四個層面來闡述這兩個立場：

2.1　語言哲學及記號學的視野

1. 語言自足性的探討。哲學上，對語言有兩種看法，即語言的自足／自主性與不自足／不自主性，肯定或否定／懷疑語言之能否表達我們人類的智情意。人類能否用語言來表達自己，誠然是很深奧的語言哲學問題。就中國來說，道家的思想謂「言不盡意」，又說「得意忘言」。前者，對語言的表達及傳遞，持保留與懷疑態度。後者把語言當作是捕魚的「筌」，得其「意」（魚）便可棄之。然而，不管語言為如何的「筌」，而「意」是可得的。其意謂不要「執著」語言的表面意義或字義，因為這會阻礙我們對內在的「意義」或「意」的進入與交流；想想，執著於「捕魚筌」，有甚麼用？

另一方面，落在拉岡（Jacques Lacan）等西方當代精神分析學派手裏，問題更複雜了。對拉岡而言，語言本身是「lack」（匱乏），也就是有所「lack」，才有語言。而且，「語言」是

指意識所及的一般語言呢？還是「潛意識」所蘊含的世界呢？就佛洛依德而言，「夢機制」也就是「夢」的語言結構，也就是「潛意識」的語言結構。拉岡的名言謂，「潛意識之結構有如語言」（The unconsciousness is structured like language）。這裏的「語言」，應是指瑟許（Ferderland De Saussure）「結構語言學」所界定的「語言」定義，即由語言的二軸結構及引伸出來的各種語言機制與修辭機制而成，如拉岡所闡釋的互為對立的隱喻（metaphor）與旁喻（metonymy），即是瑟許二軸說與精神分析學的結合。事實上，無論佛洛依德或拉岡的精神分析學都帶有記號學的基礎與傾向，實可稱為精神分析記號學。[1]

　　2. 語言與主體的關係。如俄國記號學家洛德曼（Jurij Lotman）所言，語言或記號系統有其「規範功能」（modelling function），把世界納入某種模式中加以規範，並藉此規範人類的意識及主體，而作為二度語言或記號系統的文學與藝術，則對世界及人類的主體作二度的規範。[2]換言之，語言不但自足與自主，尚規範著我們的世界與我們的主體。最後，語言與我們的主體性與發展息息相關。美國記號學奠基人普爾斯（C. S. Peirce），甚至以為一個人的語言是這個人主體的全部，而主體

---

[1]　關於佛洛依德及拉岡的精神分析記號學，參本人論文 "Psychoanalytic Semiotics and the Interpretation of Dream paintings: An example from Salvador Dali," *The American Journal of Semiotics*, 23, 1-4, 2007, pp.303-336 中的第一節 "Preliminaries on the Psychoanalytic Semiotics of Freud and Lacan," pp.304-315.

[2]　參本人《記號詩學》第一部分論述洛德曼詩學的第五章。

性的發展則是經由自我對話。[3]這些觀點，超越了傳統的論述，又比語言的「自足性」這一問題更為開放，更容易掌握。

3. 語言與現實之間的辯證關係（dialectic）。有時，我們有一種東西要表達它卻表達不出來，所謂「愛在心裏口難開」；反過來，一開始並沒有的東西，有了「語言」之後反而因此存在，此即所謂「語言變成了存在」（word-into-being）。本來只是有語言而已，然後，變成好像實際存在一樣。請以創作與閱讀文學作品為例。就創作而言，作品含有的理念與感覺，往往不是先於語言，而是在創作裏，由「語言」的產生而成形。換言之，我們的世界名著，諸如《羅密歐與茱麗葉》、《西廂記》、《紅樓夢》，裏面深刻的感情，不是先存有的，而是在書寫過程裏，在慢慢形成的詩句或文句裏成形，創造出來的。「閱讀」也迹近如此。我們讀《羅密歐與茱麗葉》、《西廂記》、《紅樓夢》，我們會從這裏面產生深刻的感情，形成很深很纏綿的感情，然後這些感情變成「真實」存在的東西般占據我們。從這創作與閱讀的經驗裏，我們可以了解，語言無法表達的東西本身是不存在、最少不是具體清晰的。「語言」本身的「自主性」以及「規範功能」實牽扯在其中。

另一方面，「語言」與真實「感覺」間有差距。如：喔！好痛喔！，但「好痛喔」這語言表達，和實際的「痛感」不能視作等同，只是一種「旁喻」的關係。最後，我們應注意語言之「公眾」性格。人類是唯一能夠使用「語言」的動物，而語言之「公眾」性格這一認知，意味著對語言有信心，「語言」可表達人類

---

[3] 參本人《記號詩學》第一部分論述普爾斯記號學的第三章。

內心深處的感覺，並透過「文字」來永久化。誠然，語言有著「公眾」的性格，是一種公器。我個人認為，無論作家或翻譯家，都得有這個認知，尊重這公器，這是他們最基本的道德責任。

4. 總括來說，哲學對語言持有正面或負面的兩種想法，也可以說是樂觀或悲觀的想法。樂觀者認為：「語言」既可表達我們自己，也可藉以溝通；構成人類「主體」的語言或記號以外的東西，可能不存在。從語言學及記號學的角度而言，其中一個立場是：若遇語言無法表達的東西，皆不必處理；我們僅處理語言所能夠表達的東西，即處理「記號系統」（sign system）所能負荷、表達的東西。負面（悲觀）者則認為，語言不能表達現實，不能表達我們，同時也無法藉語言獲致充分的溝通。道家的觀點與及當代心理學派以潛意識為旨歸，以主體的滑動為著眼，在某意義上，都可視作是語言「不自足性」的陳述。

「翻譯」是兩個語言與文本的對譯與溝通，其基礎在語言；語言是否自足、語言是否能表達人自己，語言是否能在人際間溝通，當然對翻譯是否可能，有決定性的影響了。持正面立場的，當然傾向「可譯性」，反之，則傾向「不可譯性」了。然而，所謂「自足性」與「不自足性」，「可譯性」與「不可譯性」，在哲學思考上，較諸於其他視野，立論雖比較絕對，但實際上，都向兩極的中間地帶挪動。「言不盡意」，只是不「盡」而已。「得意忘筌」，「意」仍可得。「書卷」雖為「糟粕」，不及原味，仍有食用價值。移諸於翻譯，這東方古典哲學思考，在理論上以「不可譯性」為根本，而在實際上，則在其中挪出「可譯性」的空間，亦可謂得其實際。至於閱讀中「語言成為真實」的

心理層面，佐證了「語言的自足性」；而「翻譯」的產品，也同樣是「文本」，同樣有著使「語言」的身分推向「真實」的身分的功能。同時，「翻譯」牽涉到兩個語言及文化，其「成真」的機制與歷程，應是更為複雜的雙向與互動，是一個牽涉到許多外來元素的「接受」（reception）過程。職是之故，晚近的比較文學非常注重「翻譯」所扮演的角色，這就是所謂的比較文學研究的「翻譯轉向」，而來自「翻譯研究」（translation studies）的陣營者，甚至以為不妨逆轉一下，把比較文學置於翻譯研究之中。[4]普爾斯的理論，把語言與主體合一，語言以外無主體。這也可視作「語言自足」的陳述。在翻譯作品的心理功能上，挪用過來，則是強調「自我對話」的機制。

2.2　詮釋學的視野

「詮釋學」（Hermeneutics）最初是詮釋古代典籍的學科。在中國，五經的詮釋可視作我國「詮釋學」的開頭，而西方則以解釋《聖經》（Bible）為詮釋學的起源。前者為最難解釋的人文經典，而後者的宗教經典更是一門最難詮釋的文本。就《聖經》而言，如何合理解釋〈創世紀〉，如何解釋宗教上的各種貌似矛盾的「似非而是的悖論或情境」（paradox），以及各種寓意故事（parables）皆是。五經解釋之難處，在於很難洞察及解釋其微言大旨，因此《詩經》有齊、魯、韓家數的分別，而《春

4　勒菲弗爾（Andre Lefevere）在與巴斯奈特（Susan Bassnett）合編的《翻譯，歷史，與文化》（*Translation, History and Culture*; London: Pinter, 1990）一書的〈緒論〉結尾處（頁12）即作此宣稱。

秋》亦有穀梁、公羊、左氏三家的詮釋。有時，這種「詮釋」真像是「猜謎」，打開「謎底」才知道「原意」，從「原意」逆反才領悟其「文本」的結構及表達方法。到了漢朝，五經更成為帝王施教之所在，故《詩經》成為了「詩教」之所在。其中的十五〈國風〉，大都本屬民謠，但在漢朝五經博士手裏，都作了詩教的詮釋，如首篇的〈關雎〉最為明顯；開首的「關關雎鳩，在河之洲」，本屬民歌的即興的始頭，當時的詮釋學則把它解作后妃之德也，表示后妃的德行，不會爭寵，君臣和睦，輔助君王，也就是從「文本」的字面，向其他層面引申。而五經的解釋，在當時的詮釋學視野，便是著眼於其中的微言大旨，沿著君主體制下的政教、倫理方向推衍。

中國詮釋學始軔悠遠。前面引到的莊子「言不盡意」及「得意忘荃」，可說是我國「反面詮釋學」的先河，而孔子的「詩可以興，可以觀，可以群，可以怨」，以及孟子的「詖辭，知其所蔽；淫辭，知其所陷；邪辭，知其所離；遁辭，知其所窮」，都清晰地展示了「文本」可詮釋的信念，而孔子之說，更涉及語言藝術的規範功能。同時，孟子也提出了「知人論世」及「以意逆志」的詮釋策略。這些儒家的「文本」思維，可謂是我國「正面詮釋學」的古典論述。在先秦諸子裏，墨家及名家的著作，其名論與邏輯部分，也牽涉到詮釋學的課題。

西方詮釋學同樣悠遠，而論述更豐而詳。對「原意」或「微言大旨」是否可經「詮釋」而獲得，有正與反或樂觀與悲觀的相反立場。前者為傳統詮釋學所遵從，而後者則為當代的「現象學

派詮釋學」（Phenomenological Hermeneutics）的旨歸。[5]以下是本人的解釋與發揮，以用於「可譯性」與「不可譯性」的探討。

先說傳統詮釋學（Traditional Hermeneutics）對「詮釋」持樂觀的立場。認為「文本」是可以解釋的、其意義或微言大旨是可以獲致的。譬如，課堂上討論一個「文本」，經由詮釋學的法則，加以研讀，加以解釋、加以了解，並認同這詮釋的結果，這便是正面的、傳統的詮釋學的立場。如何解釋與我們有時空阻隔的過去的文學作品？正面的立場即是認為可以解釋的，認為經過適當的方法、適當的訓練、適當的耐心、如版本校對、修辭、結構、母題、時代背景、作者生平的分析等，便可有效獲得。換言之，作者原來的意旨、想法、心境在一邊，文本內的個別細節在另一邊，詮釋者憑借後者，透過詮釋的策略，加以還原。透過文本，能掌握、洞察、領會原意多少，則是詮釋者的能力。從傳統的詮釋學而言，「文本」是可以理解的，其訊息是可以傳遞的。語言以外的東西，我們不必理會它是否存在，即使存在，我們還是可以反推過來，用可負荷其訊息與意旨的語言載具來表達。同時，語言有著公眾的性格，為語言使用者所共享公用。正面詮釋學與語言的公眾性格的認知，直接提供了「可翻譯性」一個強有力的基礎。

次說反面詮釋學（Negative Hermeneutics）或現象學詮釋學（Phenomenological Hermeneutics）。這立場的詮釋學，則認為「本意」這個東西先天並不存在，且作者他自己本身也未必完全

---

[5]　關於西方詮釋學，尤其是反面詮釋學，請參 Richard Palmer, *Hermeneutics* (Studies in Phenomenology and Existential Philosophy) (Evanston: Northwestern UP, 1969).

知道其要表達的本意，即使作者本身知道，但是每個讀者讀起來所獲就是不一致。由於這種差異，在君主專制時代，尤其是異族統治的時代，如清朝，甚至會招致文字獄的產生。由於作者與讀者處於不同的歷史時空，讀者不可能還原到「原來」的東西。以古典文學為例，因為「主體一」是千年前或五百年前的古文作者，「主體二」是當今讀者，受到文化、語言、社會背景不同的制約而有異。所以「主體一」與「主體二」不可能重疊，融合在一起；作者與讀者是兩個不同的主體，「原意」很明顯的是無法還原。持平而言，作者的語言及文化跟讀者的語言及文化不是絕對的不一樣，兩者還是會有相疊的部分，但絕非完全的密合重疊。這「疊合」部分，以動態來表達，也就是當代詮釋學學者伽達默爾（Hans-Georg Gadamer）所說的「地平線視野的融合」（the fusion of horizons），作者與讀者兩個「地平線視野」融合在一起。筆者以為，以地平線喻作在時空制約下主體全領域的周邊，其融合也意味著主體裏某些不可避免的偏見的消解。這根據現象學而發展的現象詮釋學派，也稱為「反面詮釋學」。「反面」（negative）一詞，來自黑格爾（Hegel）的正反合辯證法之「反」階段，並非負面不好之意。換言之，這派詮釋學從「反」面著眼，認為閱讀與詮釋是不穩定的、猶疑的，作者與讀者的時空不一樣，所以沒辦法完全的重疊在一起，透過閱讀可以了解，但不可能全盤了解，更遑論作者的原意了。蘇東坡曾說過：「吾少年讀陶淵明詩，味同嚼臘」。那表示此時的蘇東坡，對陶詩與昔日有不同的領略，可見時空對人的制約。雖然我們透過閱讀來了解「文本」的意涵，但是要完全符合作者當時的思維與感受，實不可能，因為「主體」受到「時空性」的制約。

　　然而，正面與反面詮釋學，兩者都不是錯誤的，正如中國的經典例子：孟子與荀子，一為性善說、一為性惡說，雖是相互對立，但卻是同一鼻孔出氣，只是同一個事物用正面或反面來看它罷了！就翻譯的角度而言，反面詮釋學，提供了「不可翻譯性」一個「半吊子」的基礎；他只指陳「原來」的東西不可得而已。當挪用為「翻譯」時，意謂原著與譯作之間，雖不穩定，兩者間仍有「疊合」之處，兩主體間仍有「地平線視野的融合」的可能。最後，當我們引進德希達（Jacques Derrida）的「解構理論」（deconstruction theory），「閱讀」與「詮釋」的不穩定性，「不可翻譯性」，又不得不推進一步了。

2.3　語言學視野與語言技術層面

　　美國語言學家尼達（Eugene Nida），界定「翻譯」為「源頭語」與「目標語」的對換，而這對換，著重形式上的，則稱之為「對等」或「形式上的對等」（Equivalence or Formal Equivalence），著重整體反應效果的則稱之為「互應」或「內涵上的動能互應」（Correspondence or Dynamic Correspondence）。[6] 就語言形式來說，一般分為語音、語法、語意三個層面。語音為最難的部分，因為押韻的部分無法翻譯，還有一些狀聲詞也是。中英文的句法結構不一樣，這也是翻譯上比較難的地方。即使詞彙，也並非全無困難。如「logic」一詞，中文並沒有這樣的詞

---

[6]　「對等」是尼達翻譯論的根本。兩種對等及有關論題，見其 *Towards a Science of Translating* (Leiden: Brill, 1964).

語，所以直接音譯為「邏輯」。用正規的意譯，牟宗三把它翻作「理則學」雖不錯，仍有它的侷限。又如中文辨出的顏色，跟英文辨出的顏色，也並非完全一致；這是我們在說「對等」或「互應」時，應該要考慮的。客觀來說，顏色和光譜是關聯著的，但每一國家文字對它的分割往往不一樣。顏色的「象徵意義」（symbolism），東西方也有不同，不同時空也有差異。各國語言本身是很不一樣的。舉例來說，孕育於漢朝文化裏的《說文解字》，其中與「玉」有關的字特別多，因為「玉」在遠古的中原，即在禮制上扮演著重要的角色，而在漢代的「玉」文化特為發達。要把這些「玉石」有關詞彙翻成外語（如英文），就有其困難度，更不用說要獲致與尼達「效果互應」的文化與心理含意了。客觀而言，不同的時代雖有不同的文化理念，但共通的地方仍居多。

　　「翻譯」是來往於兩個語言系統之間，在各語言中其語法及語意部分，大體上都可在差異中尋求對等，故可溝通的，可翻譯的地方還是很大，不可翻譯的地方還是很小。換言之，「可譯性」還是遠大於「不可譯性」。在筆者翻譯與閱讀翻譯作品的經驗裏，察覺到中文的包容性與可塑性非常高，尤其是人文領域更如此。把他國語言翻成中文，基本的「信達雅」不難獲致，甚至有時達到頗高的翻譯境界，從梵文翻譯過來的佛經，從日語及歐美語言翻譯過來的一些小說，即為明證。這「可譯性」與「不可譯性」，與「文類」與「翻譯者」的才具，更是密不可分了。「詩」底界定之一，為「不可譯」，可見一斑。

　　誠然，兩個語言系統中，大部分都可以互通，也就是可以對譯。但某些屬於「源頭語」特有的詞彙結構與表達形式等，則構

成了過度到「目標語」的高度困難，甚至不可得，如漢語的雙關語、連綿字等；此即為其「不可譯性」。最具技巧性、最典型的翻譯難題之一，就是「狀聲詞」的翻譯；如「關關雎鳩」的「關關」如何翻譯？「盈盈一水間」的「盈盈」如何翻譯？漢語有許多類似這樣的詞語，如脈脈含情、徘徊等，英譯要獲得尼達所界定的形式「對等」及效果「互應」，幾乎是無法做到的；此外，中國文化裏的神韻、氣質等人文詞彙，皆是英語所無法表達出來的。中翻英比英翻中艱難許多，在許多狀聲詞及特定詞彙方面更是如此；另外，與文化及有密切關係的東西，本土植物與食物，也是翻譯卻步之處，即是其「不可譯性」，有時只能作「註解」來補救。

　　總括來說，「可翻譯性」與「不可譯性」，是互為對待的，主要決定的因素還是在於兩個系統語言的差別性有多大，文類的美學要求度，以及翻譯者本身的能力等。翻譯是「不可能」，同時也是「可能」，反過來說，也行。這就是翻譯的妙處。

第三講
翻譯的首度決定要素：文類歸屬

3.1　文類為翻譯三大決定因素之首

「文類」一詞，在中國傳統上，往往以文體、體制等稱之。在西方，英文與法文皆用（genre）一詞，源自拉丁文的 *genus*，意謂「類屬」（type）。翻譯和文類有很大的關係。尼達提出，「翻譯」時有三個要素需要考慮，即為「話語」、「目的」與「聽眾」，而「話語」就是「文本」，其分類即為「文類」。[1] 茲先略解釋三者如下：

(1)「話語」（message）。「message」在此意為「留言」、「留話」的「言」跟「話」；就文學作品而言，即為構成文學作品本身的「書寫文字」之意。不同時代有不同的稱謂，傳統稱為「作品」（work），現在則用「文本」（text）居多。尼達為語言學家，從「語言」的角度思考，故用「話語」稱之；語言學上皆如此稱呼。故「話語」的分類，即為「文類」之分類。

(2)「目的」（purpose）。以「目的」作為翻譯時遣詞用字

---

[1]　詳見其 *Towards a Science of Translating*, pp.56-58.

等的考量，如嚴復翻譯《原富》、《羣己權界論》等，其目的為引進西方哲學和人文科學的思想，故以忠實呈現其原義為依歸。其「信達雅」之提出，並以「信」為首要，與此不無關係。近人若以文學作品中的「詩」為翻譯對象，則偏向於美學上的效果，主張翻譯的原創性與神似。

　　(3)「聽眾」（audience）。延伸為「讀者」之意。不同對象，其翻譯方式因而不同，以迎合讀者。如電影之改編，往往根據其時的觀眾的口味。比較一下電影《鐵達尼號》（*The Titanic*）前後兩個版本即知，前者（1953 年由 Jean Negulesco 所導演）為寫實、人道的品味，後者（1997 年由 James Cameron 所導演）訴諸浪漫與反叛的情愫。又如，陳望道等翻譯「Communism」為「共產主義」，而非其他可能的選擇，諸如「公社主義」或「社群主義」等，我想多少考慮到「讀者」；在地主與佃農的昔日農村架構裏，在資本主與勞工的都市架構裏，「共產」自然容易為大眾所了解、所接受了。

3.2　中西「文類」區分簡述

　　就「翻譯」與「文類」的關係而言，應首先注重「文學」與「非文學」的分別，然後是兩範疇內的再細分。這些區分無可避免地牽涉到文學視野與文類理論。下面依次論述之。

1. 文學與非文學的區分

　　就中國而言，六朝劉勰的《文心雕龍》裏所提到文、筆之分，即為「文學」與「非文學」之分。文，所指的是文學作品，

像是《詩經》、《楚辭》等。筆，所指的是非文學，如雜文、傳記、記事等。以前「小說」還登不上大雅之堂，而且體制短小，因此「小說」也被稱為「筆記小說」。在中國古典詩學上，首先出現的是儒家「詩言志」之說。六朝時，則有陸機在〈文賦〉中「詩緣情以綺麗」之說，兼及情愫及辭藻。同時，見諸於陸機〈文賦〉及稍後的劉勰的《文心雕龍》，尚包含「沈思」或「神思」這一重要的、心靈的、想像的要素。這古典「文學」的定義，也就間接把「非文學」區隔開來了。

在西方，當代對「文學」與「非文學」的對立上，提出了較理論的陳述。可以三位大家作為代表。首先，俄國形式主義者穆可洛夫斯基（Jan Mukarovsky）認為，詩的特質，就是歧異性（deviation），指的是詩的語言從一般語言中歧異出來，而詩篇中的語言，亦需與原有的詩歌傳統有所不同方為功。穆可洛夫斯基指出，「歧異」是語言系統之為詩的語言基礎所在。當一個句子、一篇作品不再有「歧異」作用，就不再是文學語言；沒有歧異，就無詩可言。他更進一步以「前景化」（foregrounding），來闡明歧異性。[2]「前景化」是指在文學作品中，有些語音及文法特殊化起來，如押韻、平仄、十四行詩的對句及聲韻等，占據著「文本」的前景，強調這些要素，甚至藉以突顯詩篇中的一些母題。

接著，雅克慎（Roman Jakobson）認為，詩乃是以「詩功能」（poetic function）為主導的「話語」（message）。所謂「詩功能」者，乃是回溯於「話語」本身，在「話語」上，在其

---

[2] Jan Mukarovsky, "On Poetic Language," *The Word and Verbal Art*, trans. and ed. by John Burbank and Peter Steiner (New Haven: Yale University Press, 1977).

語音、詞彙、語法層上，作「對等」的經營，以營造美學架構與視覺。[3]

　　最後，洛德曼（Jurij Lotman）以語言裏「資訊的負荷」（information load）的多寡作為兩者分別的依據。「資訊的負荷」之最高者，則為文學作品。他說，在「詩」底特殊的結構中，可以用「最少」的「篇幅」去「容納」最多的「資訊」。他甚至認為，從事細胞神經研究者，應向「詩」語言結構參照。[4]

2. 文學內部的文類區分

　　至於「文學」內部的文類區分，就中國而言，其傳統的分類，見於《文心雕龍》、《昭明文選》等理論典籍或選集，分類甚為繁雜。在西方，通則性的分類則始自亞里斯多德的《詩學》（Poetics）。亞氏把文學分做三大類型（ultimate modes），即為抒情體（lyric）、敘述體（narrative）、戲劇體（dramatic）三種基本形式。以下根據當代文學理論對此三範疇略作界定。1、抒情體。「抒情體」是以說話人自己為中心，不理會讀者，使用自言自語的獨白，以第一人稱（first person）來發聲，而且，早期通常也和音樂一起搭配。2、敘述體。敘述體一定有其敘述者（narrator），其標準模式以第三人稱（third person）的方式來敘述。以西方來說，十九世紀中葉以前，小說裏頭都有敘述者。然而，美國小說家與理論家亨利．詹姆斯（Henry James）在《小說藝術》（The Art of Fiction）裏，提出「敘說」（telling）與

---

[3]　參本人《記號詩學》第一部分論述雅克慎記號詩學的第四章。

[4]　詳見本人《記號詩學》第一部分論述洛德曼記號詩學的第五章。

「呈現」（showing）兩種形式之差別，並提倡後者。在「敘說」裏，以「敘述者」為主導，而在「呈現」裏，則有點像戲劇，「敘述者」有如「導演」，躲在幕後。自此，現代主義抬頭，「敘述者」被貶抑，它的出現，被稱為「闖入」，破壞了小說所經營的幻覺。然而斯科爾斯（Robert Scholes）與凱洛格（Robert Kellogg）合著的《敘述體的本質》（*The Nature of Narrative*; New York: Oxford University Press, 1966）一出，批評界來了個大反轉，指出「敘述體」本來就由敘述的故事與敘述者構成，何來所謂「敘述者的闖入」？如真的小說「幻覺」又何必是我們所追求者？其後，更發展出以「敘述者」的敘事為故事結構之一的所謂「超文本敘述體」（meta-narrative）。

　　至於中國，最早的小說，則是以「說書」的形式呈現，「說書人」也就是「敘述者」，就在聽眾面前；古希臘的遊吟詩人，如荷馬（Homer），也是如此，但他們是用「詩體」而非「散文體」來吟唱，而且樂器在手伴奏。中國的小說，一直到清末，還是以有敘述者的章回小說為主，到了近代，尤其是自現代主義東漸以來，中國的小說的敘述體制，多與近代西方接軌。有趣的是，莫言的諾貝爾得獎之作《生死疲勞》，是章回小說體，但各章間有屬於現代的有機組合，可說是中國傳統與西方現代的結合。就西方「敘說」與「呈現」爭辯而言，《生死疲勞》可說是銜接斯科爾斯與凱洛格《敘述體的本質》的方向，發揮「敘述者」的功能，甚至偶爾插入略有「超文本敘述體」性質的片段。

3、戲劇體。「戲劇體」則有演員在舞台上演出，是一種代言體（*persona*）；同時，有背景、配樂、燈光、服飾等，是一種綜合的藝術形式。以莎士比亞（William Shakespeare）為例，其詩

劇都是用無韻體（blank verse）的方式來書寫，其書寫顧慮到舞台演出及戲劇效果，方成為劇本。希臘哲人亞里斯多德，在其《詩學》一書裏，即以「故事結構」（plot）為戲劇的靈魂，而以後西方更有顧慮舞台限制而倡導的「三一律」等。無論如何，理論上，劇本必須在舞台上演出才算完成。故現在學院分科裏，往往分為「戲劇」與「劇場」兩部門，而當代對戲劇的研究，亦往往從劇場的角度（舞台上的各種因素）來詮釋與評論。

3.3　文體、風格、與翻譯

　　劉勰《文心雕龍》這本文學理論經典之作，其中的〈體性〉篇，提到文分八體。他所說的「體」，是一個籠括的概念，實含攝西方文學批評中，「形式」（form）、「風格」（style）、「文類」（genre）三者。請注意，西方「風格」一詞，乃專指作者獨特的語言文字風格。而當代理論大家杜鐸洛夫（Tzvetan Todorov），認為「文類」的辨識與建構，應從「語言」（language；意指用詞遣字等語言層面）、「句法」（syntax；意指「結構」）、「語意」（semantics；意指包含母題等的內容）三個局部著手，而每一「文類」在這三方面都有不同的規範與呈現。[5]總言之，每種文類既有不同的規範體制，故從事翻譯，應把握其原來的體制。不同的文類，當然會有不同的翻譯，以把握其特質與精神。

---

[5]　詳見其《論奇幻體》（*The Fantastic*; New York: Cornell UP, 1975）緒論部分。

　　請以「諷刺體」（satire）為例。「諷刺體」可以詩歌也可以小說為藝術形式，而往往都是針對一些政治、社會結構或事件為背景為主題來進行書寫，並往往切入人性面，而對人性更多的是負面的看法或陳述。如著名的《格列弗遊記》（Gulliver's Travels），就是諷刺體，其中指涉英國的社會結構與社會事件，對其中表現的人性，加以諷刺，與表面上的陳述有差距，需要更高的語言技巧與才能，才能把握其語言與諷刺的美學體制以譯出。

　　又以詩歌為例。詩歌所使用的文字較為精純、含蓄、話不說盡，而且有音節安排及押韻等（當代多已放棄），並講究其節奏性。然而，這些指標，在不同國別、時代、與流派上，在講求及處理上，都有相當區隔。就中西古典詩歌而言，中國的詩歌大部分都有意象，以神韻、意境為依歸。然而西方詩歌大都沒有意境，而敘述的成分較多，語法及結構相對清晰，短詩也較少，並且以長篇敘述體的「史詩」（epic）為最崇高的詩類，大詩人所不能忘懷者。[6]因此，中西詩歌的翻譯最難，其失真的程度最高，並且，容易陷於貧乏的困境，此可見諸於如《詩經》之英譯上。[7]事實上，就各種文類而言，詩之翻譯最難，甚至以詩為不

---

[6]　自荷馬史詩以後，17 世紀的彌爾敦（Milton）寫《失樂園》（Paradise Lost），19 世紀的華茲華斯（William Wordsworth）寫《前奏：智心之成長》（Prelude: Growth of the Mind），20 世紀的龐德（Ezra Pound）寫《篇章集》（Cantos），皆為史詩之作，即其例也。

[7]　詩經英譯的比較，請參本書以後的討論。由於中英詩歌差異甚大，尤其是在語法方面，故葉維廉在其中國古典詩詞的雙語版英譯裏，別出機心，打破英文句法成規，以獲致原詩的韻味。葉著見其 Wai-lim Yip, editor and trnslater, *Chinese poetry: an anthology of major modes and genres* (Durham: Duke University Press, 1997).

可翻譯者,故同時也是翻譯理論最關切者,如班雅明(Walter Benjamin)的經典之作〈翻譯者的任務〉("The Task of the Translator"),即就法國詩人波多來爾(Bauderlaire)的德譯而寫的翻譯論述。

　　總結而言,無論是文或筆,是文學的或實用的文本,翻譯首要的考量,還是文類。契約書就得翻譯為契約書的模樣,詩就得翻譯為詩的模樣,也就是遵循該文類的規範。當然,同一文類,在牽涉到的兩個語言與文化場域裏,其規範必有不同,而翻譯者就得就其差異,穿梭於兩者之間而作處理了。文類的屬性必然影響著翻譯中的各種取捨;契約書當求其信度與法律約束度,而詩歌則不得不以美學為依歸了。

第四講　我國翻譯史略
——分期、體制、與理念

　　我國早期典籍《周禮》〈秋官司寇篇〉裏記載，周代典制就有「象胥」之設，為通言語之官。唐朝賈公彥所作的《義疏》中提到：「譯即易，為換易言語使相解也」。用現代語彙來表達，也許可以解釋為：一種語言文字換成另一種語言文字，而且不變更其所蘊含的意義，或用近年流行的術語來說，並不變更所傳遞的信息，以達到彼此溝通、相互了解的目的。這可說是我國早期最為通達的見諸文字的翻譯的定義。當然，如本書 1.1 節論及語源學上翻譯的定義時，引用《禮記》〈王制篇〉的翻譯官編制並推衍出來的翻譯的理念，則更為多元與豐富。

　　要書寫中國翻譯史，筆者認為有三個重要的思考點，第一是翻譯的素材與內容，第二是翻譯的目的與影響，第三則是翻譯經驗而成的理念與爭論。我國翻譯的流變，大致可分為五期，茲以上述諸思考點略述之。

4.1　遠古中國與周邊族群互動期

　　早在遠古時期，我國就有了傳譯之事。前引《禮記》〈王制

篇〉記載，謂「中國、夷、蠻、戎、狄……五方之民，言語不通……東方曰寄，南方曰象，西方曰狄鞮，北方曰譯」。篇中「寄」、「象」、「狄鞮」、「譯」，都是指翻譯的官府或官銜。從這篇記載，可以明顯的看出其中含有大中原的概念，以中原為中心的特色。此文獻資料提供了我們對古代翻譯機構及理念的認知，在本書第一講第一節翻譯字源學的定義時，已有發揮，不贅。這裏可以想像，這些傳譯行為，完全是實際的民族交往行為，包含政治、經濟、軍事等有關邦國大事。我們猜想，這應該是以口譯進行，但從四方邊疆民族（尚沒有文字）口譯為中原之音後，其後也可能有書寫的筆譯記載。我們也不妨想像，在民間族群裏，應該有很多雙語，甚至多語的人士，蓋在中原很多地方是族群雜居的。這遠古族群的翻譯互動，應對中原文化產生某程度的文化多元現象。

4.2　佛經翻譯期：直譯與意譯之爭

此一時期，從漢末至宋初一千多年之間，以六朝隋唐最為興盛，為我國歷史上一個最重要、最豐富的翻譯時期。

我國翻譯見於文字者，始盛於佛經的翻譯。在漢武帝通西域之後，印度佛教義理相繼傳入中國，對當時的中國產生新思潮。佛經的翻譯跟一般的翻譯不一樣，因為佛經的翻譯具宗教的意涵。我國佛教本土化後，與儒家及道家結合，隋唐間，終於發展出自己的特色，成為注重義理與心靈修養的佛學，宗教與哲學合流，跟印度原始佛教不一樣。首先，我們得強調，佛經並不是外來文化的侵入，文化霸權的涵意較少。唐玄奘西行取經，而非佛

教從西強勢闖入。在印度本地，佛教不久就凋零，回復以印度教為宗，但傳入中國之後，卻開花結果，蓬勃發展至巔峰。佛學翻譯導致了整個中國日後宗教與文化的重要發展，影響深遠。就翻譯體制而言，最重要的是六朝唐宋期間，有譯場之設，翻譯團體組織龐大。根據史料的記錄，譯場裏翻譯過程大致如下：

讀出梵文佛經→
口譯→記錄→討論→修訂→定稿

有人念出梵文經籍，主譯者口譯，然後集體討論和修訂以成稿。「譯場」是嚴格的團隊工作。所以此一時期，佛學翻譯品質高，量多，佛學的翻譯經典達到最高境界。此一時期的翻譯大家都是主持譯場的人，主要有道安、鳩羅摩什、慧遠、玄奘、真諦等。至宋朝時，翻譯組織名稱改為「譯經院」，規模有所縮小。[1]佛經的翻譯，對《金剛經》、《華嚴經》、《法華經》特別重視，特為推廣，這與「禪宗」之發達有密切的關係。但還有更多深奧的經籍，收於現存《佛藏》中。「藏」是「藏書」的意思，即今之所謂叢書，把所有佛經翻譯的書總匯集一起。由「佛藏」可看出基本上大部分的佛經都翻譯出來了。

這佛經翻譯期間，除了翻譯佛經的成就外，就翻譯學而言，翻譯理念與爭論的出現，也是不可忽略的大事。其時翻譯觀點有兩項被提出，一是直譯與意譯的問題，或傾向於「直」，或傾向

---

[1]　關於譯場機制，參曹仕邦〈譯場——中國古代翻譯佛經嚴謹方式〉，http://buddhism.lib.ntu.edu.tw/FULLTEXT/JR-MAG/mag93507.htm。

於「意」。在當時的用語裏，以單詞為主，後來演變為複詞，把「譯」字加在其後。一是文與質的問題，講求文者偏向意，講求質者偏向直。此期的翻譯大家，如道安、鳩摩羅什、慧遠、玄奘，所持的觀點，在此有所不同。茲簡述如下：

道安（313-385）主「直」。他提出「五失本」、「三不易」之說，力主衿慎不失本；對監譯的經卷，要求不能有「損言游字」，可謂開翻譯評論之先河。「五失本」者，謂時人之譯經，「失本」者有五：

> 翻胡為秦有五失本也。一者，胡語顛倒而使從秦，一失本也〔按：即把胡語慣用的顛倒句法，改與秦語習慣的平順句〕。二者，胡經尚直，秦人好文（中略）。〔按：即胡人與秦人風格傾向不同，造成原文與譯文風格之差異〕。三者，胡經委悉，至於詠歎，叮嚀反復，不嫌其煩，而今裁斥，三失本也〔按：此也是風格的問題；胡語習慣繁複重述，秦語尚簡潔，視為煩瑣而刪之〕。四者，胡有義記，正似亂詞。（中略）歌而不存，四失本也〔按：佛經體例，有作類似總結用的義記，約五百到千字，譯本以其重複而刪之。又按：亂詞意為《楚辭》結尾的「亂曰」，為篇末之總結〕。五者，是以全成，更將旁及，反騰前詞，已乃後說，而悉除之，此五失本也〔按：義謂佛經的敘事結構有旁及、回溯等枝葉，而秦語譯本視為雜亂而刪之〕。[2]

---

[2]　見其〈摩訶缽羅若含多波羅密經抄序〉。引自 https://zh.wikisource.org/zh-hant/佛學大辭典/五失本三不易。按語為筆者之按語。

　　道安的五失本牽涉文字風格、章法與敘事結構，可說是我國最早的「文本論」，深得「文本」的精義。他的翻譯偏好，幾乎可與近代西方語言學派的翻譯學者尼達的「形式對等」相提並論，而且對「形式」的瞭解，更為完整，超越語言層面。

　　至於「三不容易」，也就是佛經翻譯的三大難度，三大挑戰。其謂，

> 然般若經，三達之心，覆面所演，聖必因時，時俗有易，而刪雅古，以適今時，一不易也。愚智天隔，聖人叵階，乃欲以千歲之上微言，傳使合百王之下末俗，二不易也。阿難出經，去佛未遠，尊大迦葉，令五百六通，迭察迭書，今離千年，而以近意量截，彼阿羅漢乃兢兢若此，此生死人而平平若此，豈將不知法者勇乎，斯三不易也。[3]

　　「時俗有異」，要把雅古的原文用時俗的語言傳達，為一不容易。要表達「千歲以上之為言」於末世，為二不容易。「阿難出經，去佛未遠」，但在千年以下的今世，「以近意量裁」，為三不容易。蓋言之，這三不容易皆奠基於筆者前所強調的翻譯的基本定義，如渡船一樣，從一邊過渡到另一邊。由於時間的相隔千年，語言的雅俗、微言的傳達、經典的詮釋，皆為不容易。

　　鳩羅摩什則是偏重「意」譯，但筆者所說的「意」譯，其義涵蓋後世嚴復的「雅」與「達」，但有所不同，而更接近尼達的

---

[3]　道安三不容易之說，出處同上注。

「源頭語」與「目標語」兩者在「效果上的相應」，但亦有所區隔，兼具美學的神似，與心靈的感染力。這就牽涉到「意」在中國文化場域的特殊涵意，超語言學的層面。「得意忘言」的「意」，是指含於語言但又超乎語意的東西，是語意及意義之「精」者，包含美學的、心靈的、感性的、品味的元素。所以，古人所謂的「意」譯，遠超乎近人所了解的、通俗的、一般溝通的含義。根據《高僧傳》本傳所載，鳩羅摩什「既覽群經，義多紕繆，皆由先譯失旨，不與梵文相應」。鳩羅摩什批評其時的佛經翻譯，在佛義旨上與原梵文經文不相應，甚至有所紕繆。這不相應與紕繆之因何在？這必須與其他文獻中鳩羅摩什的論述並讀，並佐證以其高妙的中譯《金剛經》方可，方能領略其「意譯」說。筆者以為，其翻譯的朝向，應與尼達所說的「效果上的相應」相同，而非尼達的另一翻譯策略「形式上的對等」，並以此為翻譯上與「紕繆」相對。至於「意」所含攝的美學、創意等層面，明見於《高僧傳》中〈僧濬傳〉涉及鳩羅摩什翻譯論說的傳神軼事：

> 天見人，人見天。什譯經至此，乃言曰，「此與西域義同，但在言過質。」僧濬曰：「將非人天交接，兩得相見？」什喜曰，「實然」。

「人天交接，兩得相見」，可謂意境高遠，而與原梵文「相應」若響，殊無歪離。此可見鳩羅摩什「意譯」心中的典範。這意境深遠的「意譯」（遠超乎嚴復之雅達），直指佛經佛心（亦超乎嚴復之「信」），處處見於其所譯、流傳最廣的《金剛

經》。此外，「意譯」亦須顧及源頭文本的體制，僧濬討論印度與華夏「辭體」的差別，謂：

> 天竺國俗甚重文制，其宮商體韻，以入弦為善。凡覲國
> 王，必有贊德，見佛之儀，以歌嘆為貴，經中偈頌皆其式
> 也。但改梵為秦，失其藻蔚，雖得大意，殊隔文體，有似
> 嚼飯與人，非徒失味，乃令嘔噦也。[4]

自魏晉以來，受佛經翻譯之故，文學批評界已有文體之論，此見於其時鉅著劉勰《文心雕龍》。鳩羅摩什深諳文體中詩文之別，佛經中的偈頌，為歌嘆之體，可入弦歌，今譯為散文，失其韻味，有如嚼飯與人云云。此足見其「意譯」要求之高，已及美學之要求。然而，雖說意譯，並翻譯時對原文有所刪修，鳩羅摩什以為實得其信，據《高僧傳》本傳所載，鳩羅摩什當眾宣誓，謂「所傳無謬者，當使焚身之後，舌不焦爛」，可見其對其「意譯」之信心，亦見其在翻譯團隊中口譯的角色。

慧遠則折中於「直譯」與「意譯」之間，謂：

> 自昔漢興，逮及有晉，道俗名賢，並參懷經典。其中弘通
> 佛教者，傳譯甚眾。或文過其意，或理勝其辭。以此考
> 彼，殆兼先典。後來賢哲，若能參通胡晉，善譯方言，幸

4　見《高僧傳》中之〈僧濬傳〉。

　　　復詳其大歸，以裁厥中焉。（《出三藏記集》卷十）[5]

　　慧遠在〈大智論抄序〉中，更引進傳統的文質之說，以充實其折中之論，謂：「以文應質則疑者眾，以質應文則悅者寡。（中略）遠於是簡繁理穢，以詳其中。令質文有體，義無所越」。[6]換言之，即文質兩得，所謂文質彬彬是也。[7]

　　玄奘（602-664）以「信」為依歸，文字不及之處，尚以音譯輔助之。他深懂佛理，對梵文與漢文背後的各種文化及風土細微差異，體會甚深。即使能翻為漢文，如這些差異影響原旨，他寧願不翻，代之以音譯。故提出「五種不翻」之說，不用文字譯而用音譯。其「五種不翻」略述如下。一，「秘密故」。即從字面上無法推測其深意者，如涅槃。二，「含多義故」。一字眾義者，謂：「如薄迦梵，有六義」。三，「此無故」。地區性之庶物即是。謂：「如閻浮樹，中夏實無此樹」。四，「順古故」。依照前人音譯而不翻。謂：「如阿入菩提，非不可翻，而摩騰以

---

[5]　見〈三法度經記〉，《出三藏記集》卷十。網路版 http://buddhism.lib.nt
　　u.edu.tw/FULLTEXT/sutra/chi_pdf/sutra23/T55n2145.pdf。原文原無斜
　　體，筆者用斜體標出某些文句者，以見其折中之說。

[6]　見《出三藏記集》卷十，引自上注之網路版。

[7]　以道安為直譯，鳩摩羅什為意譯，慧遠為折衷兩者，雖乃采自孫振玉的
　　說法，而在筆者之開拓與深化裏，面貌為之一新。本文把道安的直譯與
　　尼達的形式對等相提並論，並提升為文本論；把鳩摩羅什的意譯與中國
　　美學相銜接，求意境，涉及翻譯美學的層次，並有助於進入佛心；把慧
　　遠之折衷，與中國文質論相連接，為文質兩得，而非僅為權宜之妥協。
　　孫氏所論，見其《翻譯學概論》（南京：譯林，1992），頁 17-21。

來，長存梵音」。五，「生善故」。謂，梵語「釋迦牟尼」意謂「能仁」，如譯為「能仁」，在中土的文化場域裏，就不免給人低於孔子（仁者）的感覺，不能使眾生生應有之善心。[8]綜合觀之，玄奘「五不翻」之說，一方面是嚴格的「信度」下要求的產物，字面翻譯無法獲致原意時就不翻，就得改用音譯，另一方面，應是對梵音的感染力的認會，如念梵音會起自然的善心，就得用音譯。

綜合而言，直譯與意譯一直有所爭議，後人雖有偏直譯或意譯者，但事實上，沒有直譯比較好或意譯比較好的必然實例，蓋兩者的弧度都很寬廣，也能容納譯者才具的發揮。同時，意譯或直譯都有自身困難的地方，道安五失本，三不易之說，即表示即使是直譯，也基本上有其不到之處。意譯有它的價值，鳩羅摩什就主張意譯。他提出「衣實出華」，有實才有華，與中國傳統美學的重「文」亦重「質」相通。鳩羅摩什又謂，「文約而詣，旨婉而彰」。文字要簡略，但要得其精要。「曲從方言，趣不乖本」。「曲從方言」是能夠跟隨本地語言的各種曲折的意思。「趣不乖本」是有趣不乏味，卻不乖離本意的意思。這就是他的「意譯論」的大概。在佛經翻譯上，鳩羅摩什所譯佛經，堪稱一絕。他翻譯的《金剛經》可謂「善譯」。茲舉一例。經中謂「四維上下虛空，可思量否？無可住而行布施，其功德亦不可思量。」用四維上下虛空不可思量，來表達無所住的境界，雖未見

---

[8] 玄奘五不翻譯之說，出自周敦頤《翻譯名義集》序所載。《翻譯名義集》為南宋僧法雲所編。參 https://baike.baidu.com/item/翻译名义集。

梵文原文，讀來已覺心胸開闊，視野無涯，可謂得「翻譯」與「文字」之妙境。從現代西方翻譯論而觀之，道安的「直譯論」可歸為尼達所界定的「形式上的對等」，而鳩羅摩什的「意譯論」則跡近尼達的「效果上的相應」，而兩者都超越尼達的與語言學侷限而有所提供。玄奘「五不翻」之說，更涉及文字譯與音譯選擇之依據，並讓我們認知梵音的宗教特質，此認知可推及其他宗教語言，尤其是其吟唱等有特殊語音的部分。

4.3　清末西風東漸期：嚴復信達雅說

此時為中國國力衰弱時期，「翻譯」主要扮演著輸入的角色。在文學翻譯上，當推林紓（1852-1924）。林紓不懂外語，但精通古文，並以此為傲，其翻譯乃經由懂外語者口述，而經其筆譯潤飾而成，富文學之感染魅力，可說是翻譯的特例，而其譯作對外國文學之引介、普及，影響甚大。[9]然而，其時最重要的翻譯家當推嚴復（1854-1921），譯有赫胥黎的《天演論》（1896 年譯）、亞當·斯密的《國富論》（1901 年譯）、約翰·穆勒的《羣己權界論》（1903 年譯）等。《羣己權界論》原著原名「*On Liberty*」。「liberty」原意「自由」，是在法制之下公民的自由權，同時也包括團體、國家及社會之間的權限，不容侵犯；嚴氏翻成《羣己權界論》，實比表面字譯的「論自由」

---

[9]　錢鍾書寫有〈林紓的翻譯〉一文（今收入《翻譯研究論文集：1949-1983》，頁 267-295），對林紓的翻譯的得失，有非常出色的評論。同時，在文中的前部分，提出非常有創意的源於字源學的翻譯論，作為其評論之基礎。

通達，可見其功力深厚之一斑。此外，嚴復在《天演論》的〈譯例言〉裏，提出翻譯之三大信條，即「信」、「達」、「雅」；並認為這三個條件皆獲致不易，故嘆曰：「譯事三難，信、達雅」。這「信達雅」論（按：坊間多稱信雅達），影響深遠，為我國翻譯界即今最常用的標準。[10]我們得注意，林氏與嚴氏都以古文為語言工具，雖然其時白話文已漸起，而其翻譯目的，是將深厚的西方文學、文化移植到中國來，以助中國之振興。

　　嚴氏的「信達雅」說，立論簡易，在翻譯批評上與實踐上，都容易操作，也是學界與坊間最為普及者。後人對其理論，有時執於一隅或過度解釋，今依據原文細讀，並略以西方翻譯術語作通達的詮釋，並附嚴氏原文於文末，以供參考。

　　首先，嚴復翻譯過很多西方的書籍，因此他累積了很多經驗，歸納出「信達雅」的理論，故其說為經驗之談，而非純然理論性的思考，故不免有所局限。同時，如後世學者所言，其信達雅說，實亦有所繼承。錢鍾書謂，嚴氏的「信、達、雅」三字，已見於三國時支謙寫的〈句法經序〉中：

> 僕從受此五百偈本。請其同道竺將炎為譯。將炎雖善天竺語，未備曉漢。其所傳言，或得胡語。或以義出音，近於質直。僕初嫌其辭不雅。維祇難曰，佛言，依其義，不用飾，取其法，不以嚴。其傳經者，當令易曉，勿失厥義，是則為善。座中咸曰，老氏稱，美言不信，信言不美。仲尼亦云，書不盡言，言不盡意，明聖人意深邃無極。今傳

---

[10]　嚴復信雅達之說，見其所譯赫胥黎《天演論》之〈譯例言〉。

胡義，實宜經達。是以自竭受譯人口，因循本旨，不加文
飾。[11]

支謙意謂翻譯佛經，應以信達為依歸，不加文飾，而嚴氏則
以「爾雅」代引文中之「雅」，而成就其信達雅之說。

嚴氏於其所譯赫胥黎《天演論》之〈譯例言〉中，開宗明義
地說，「譯事三難：信、達、雅」。隨後嚴氏於文中論證這三者
實為一體。簡言之，信、達、雅屬於三個層次，各為一個領域，
可互為排斥而成為辯證上的矛盾，亦可互為涵蓋而成為辯證上的
綜合。茲分項闡述如下。

「信」其實就是忠於原著，用現代的翻譯術語來說，即盡量
朝向「源頭語」，從「源頭語」當中找出「目標語」當中的差異
中的對等。然而，要達到「信」，要達到「差異中的對等」，有
時要做一些改變。嚴復說：「譯文取明深義，故詞句之間，時有
顛倒附益，不斤斤於字比句次，而意義則不背本文。」誠然，要
做到「信」其實是不容易的，所以嚴復說：「求其信，已大難
矣。」從這個角度而言，梁實秋《莎士比亞全集》的中譯，屬於
直譯，也就是逐字逐句翻譯，最忠實於原文，合乎嚴氏「信」的
要求，但讀者讀起來有時覺得索然無味。究其實，嚴氏對「信」
有進一步的要求，「信」需與達雅相結合，即充分兼顧到譯著的
通達與美學層面，而梁譯在這方面略有遜色。我想在這裏特別指
出，梁譯也有它的好處，如果我們中英文本（譯著與原著）並

---

[11]　《出三藏記集》卷七，見前引網路版。原書謂該序作者未詳，後人考證
　　為支謙所作。

讀，則有很大的裨益。

　　嚴復說：「顧信矣，不達，雖譯猶不譯也，則達尚焉。」「至原文詞理本深，難於共喻，則當前後引襯，以顯其意。凡此經營，皆以為達。為達，即所以為信也。」所以「信」與「達」其實是綜合體，目的在使讀者能讀懂又不失其原意。對於「達」，嚴復有兩種涵義，第一個是使讀者可以讀懂，也就是馴服於「目標語」的規範。第二個是從「源頭語」通達到「目標語」，兩個語言與文化系統得以相通。因此，一流的翻譯家，至少必須是二流的作家，才能對「目標語」操縱自如，獲致通達能懂。而「目標語」的讀者，也必須經過語言的訓練與修養，才可以理解或讀懂譯著。在「信」跟「達」兼顧之後，為了要讓翻譯作品達到更高的境界，還必須考慮「雅」。

　　嚴復說：「故信達而外，求其爾雅；此不僅期以行遠耳，實則精理微言，用漢以前字法句法，則為達易，用近世俚俗文字，則求達難，往往抑義就詞，毫釐千里。審擇於斯二者之間，夫固有所不得已也，豈釣奇哉？」。這說明了嚴復認為對於翻譯作品要使用漢以前的語言為宜。為何嚴復如此說呢？推究其因有三。第一個原因是因嚴復所翻譯的作品大多是比較深奧的人文科學或是哲學作品，因此不適合用比較通俗的語言去翻譯這些文本。第二個原因是嚴復他本身對古典語言的掌控能力比對通俗語言的掌控能力好。第三個原因是因當時的白話文不夠成熟，當時的通俗語言無法把這類文本完善的表達出來。四書五經及諸子百家，即用漢以前的文字所寫，故用漢以前文字比較能勝任這類哲學與人文學科的經典著作。因此，推而言之，「雅」的定義是指在翻譯時，選擇出最適當的文體及文字，從「源頭語」過渡到「目標

語」。最後，「信達雅」之說，本為嚴氏翻譯哲學人文經典經驗之談，用諸於文字與美學要求極高的文類，如詩歌，則或有侷限；如我們把「雅」之要求，在文學文本上，換作「美學」的要求，那就海闊天空了。

　　然而，翻譯是無法完美的，這也是為什麼嚴復會說，信、達、雅為譯事之三難。最後，在近代，中國的翻譯界，另有「形似」與「神似」的議題。嚴復指出：「此在譯者，將全文神理，融會於心，則下筆抒詞，自善互備。」在當時，嚴復已大約點到了「神似」與「轉化」的面向。[12]

　　〔附〕嚴復，《天演論》〈譯例言〉原文：

　　一、譯事三難：信達雅。求其信，已大難矣。顧信矣，不達，雖譯猶不譯也，則達尚焉。（中略）今是書所言，本五十年來西人新得之學，又為作者晚出之書。譯文取明深義，故詞句之間時有顛倒附益，不斤斤於字比句次，而意義則不背本文。

　　二、西文句中名物字多隨舉隨釋，如中土之旁支，後乃遙指前文，足意成句。故西文句法，少者二三字，多者數十

---

[12] 嚴氏的「信達雅」論，如置之詮釋學視野，可視為正面的朝向。晚近，葉維廉在〈破《信雅達》：翻譯後起的生命〉一研討會論文中，以「反面詮釋學」作為理論基礎，從中西語言、視境不同等破解嚴氏之說，謂信、雅、達實不可得云云，論辯精到。也許，我們可以嚴氏之說為「正」，葉氏之破為「反」，經由「正反合」的辯證，獲致超越兩端的「合」，當又是一番風景。葉文發表於「外國文學中翻譯國際研討會」（臺北：中央圖書館，1994）。

百言。假今仿此為譯，則恐必不可通，而刪削取徑，又恐意義有漏。此在譯者將全文神理，融會於心，則下筆抒詞，自善互備。至原文詞理本深，難於共喻，則當前後引襯，以顯其意。凡此經營，皆以為達。為達，即所以為信也。

三、《易》曰：「修辭立其誠」。子曰：「辭達而已矣。」又曰：「言之無文，行之不遠」。三者乃文章正軌，亦即為譯事楷模。故信達而外，求其爾雅；此不僅期以行遠耳，實則精理微言，用漢以前字法句法，則為達易，用近世利俗文字，則求達難。往往抑義就詞，毫釐千里。審擇於斯二者之間，夫固有所不得已也，豈鈞奇哉？

（後略）

4.4　白話文興起迄今的翻譯

當白話文蓬勃發展，並隨著白話文文學的興起，昔日林紓、嚴復所代表的文言文譯作，便退出舞台，代之而起的是琳琅滿目的白話文譯作，並以文學翻譯取代了前期人文科學翻譯取向，並以其作為開啟新時代、新文學的一個支柱。結果是，文學翻譯與新文學作家們所開拓的各種語言風格，互為輝映。

文學翻譯的取材是全球性的，來自英國、法國、德國、俄國等不同語言與文學系統的文本，並且都是從原文直接翻譯過來為主，不像近日臺灣常見的二手翻譯，臺灣翻譯界往往透過英文或日文來翻譯其他國別語文本。然而，對中國以後發展影響最深的，或以俄國文學及英美文學為兩大潮流，也就形成稍後的（特

別是三十年代）的文學與文化論辯，以及政治與改革取向。就兩極化而言，當時的文學，一方是社會寫實主義的左翼作家，如魯迅、茅盾、巴金等，一方是英國浪漫主義遺緒的中產階級作家，以愛情等個人情懷為指歸，而風靡一時的當推留學英國劍橋大學的詩人徐志摩。這個時期的文學翻譯，不但影響當日，也是日後豐富的文學遺產。到今日，俄國小說家托爾斯泰、杜斯妥也夫斯基、屠格涅夫，英國小說家狄更斯、珍·奧斯汀，印度詩人泰戈爾等人作品，因為翻譯之故，至今還是耳熟聞詳。然而，存世持久而工程浩大的翻譯之作，仍得算梁實秋與朱生豪先後翻譯的莎士比亞全集，而他們也相當程度地代表當時直譯與意譯的弧度。[13]同時，此時期翻譯者多是學界或文藝界一時之選，〈共產黨宣言〉，即為陳望道所翻譯。

　　其時，翻譯論述大概圍繞三大命題，即 1、直譯與意譯，此仍為最大的爭論場域。2、對嚴復信達雅說的批評與申論。3、翻譯美學的提出，尤其是形似和神似的討論，而開此面向而又涉及跨語言層面者，或推傅雷「翻譯如臨畫」之說，

　　　　以效果而論，翻譯應當像臨畫一樣，所求的不在形似而在
　　　　神似。以實際工作論，翻譯比臨畫更難。臨畫與原畫，素
　　　　材相同（顏色，畫布，或紙或絹），法則相同（色彩學，
　　　　解剖學，透視學）。譯本與原作，文字既不侔，規則又大
　　　　異。各種文字各有特色，各有無可模仿的優點，各有無法
　　　　補救的缺陷，同時又各有不能侵犯的戒律。像英、法，

13　職是之故，本書第十講即為兩人的譯作之舉樣比較。

英、德那樣接近的語言，尚且有許多難以互譯的地方；中西文字的扞格遠過於此，要求傳神達意，銖兩悉稱，自非死抓字典，按照原文句法拼湊堆砌所能濟事。[14]

這種「形似」與「神似」的理論，源於中國的美學，而今則用於「翻譯」的評鑑上。

事實上，這翻譯上的三個命題也往往互為指涉。當時學術界與文化界名流，如胡適之、梁實秋、林語堂，甚至魯迅、瞿秋白，或多或少都有參與論辯。[15]其中，特別得我心者，乃是魯迅「寧信而不順」的立場，以及瞿秋白沿著這思路，提出經由翻譯以推進我國語言的現代化與再創造的看法。他說：

翻譯——除出能夠介紹原本的內容給中國讀者之外——還有一個很重要的作用：就是幫助我們創造出新的中國現代語言。（中略）翻譯，的確可以幫助我們造出許多新的字眼，新的句法，豐富的字彙和細膩的精密的正確的表現。因此，我們既然進行著創造中國現代的新的言語的鬥爭，我們對於翻譯就不能夠要求：絕對的正確和絕對的中國的

14　見其〈《高老頭》重譯本序〉，收入《翻譯研究論文集：1949-1983》，中國翻譯工作者協會編（北京：外語教學與研究，1984），頁80。

15　這些論辯與立場，可見於前註所及之《翻譯研究論文集：1949-1983》。收入之論文雖撰寫於 1949 以後，但多溯及前人，仍為最佳參考資料。

　　白話文。這是要把新的文化的言語介紹給大眾。[16]

　　表面看來，瞿秋白的立論是要從翻譯外語中，學習「新的字眼，新的句法，豐富的字彙和細膩的精密的正確的表現」，不必要求「絕對的正確和絕對的中國的白話文」。言下之意，沒有所謂絕對的中國的白話文。如從辯證法的思維來瞭解，翻譯是正反合過程，源頭語（外文）與目標語（本國語）互為正反，而譯品則為兩者辯證上的合，而此為譯事之真難與鵠的。

　　近二十年來，大陸與臺灣譯風，頗有差別。大致而言，大陸的譯作注重「達」，故流暢，可讀性高。臺灣的譯作注重「信」，信度比較高，有時不免詰屈聱牙。無論大陸或臺灣，翻譯都蓬勃發展。近十年來，大陸特別喜歡翻譯文學理論，大量翻譯、介紹西方學理論，此或由於這方面起步晚，有急起直追的需要，而大陸學界，從事比較文學工作者，以中文系為主，多未能深懂外語，固有此需求。同時，對許多經典的歐美文學作品，也加以重新翻譯。這一個新朝向，也代表著翻譯界的新認知，即文學作品的翻譯，需與當代讀者相銜接，與時俱進。

　　大陸學界，翻譯理論的積極探求與建立約始於二十世紀八十年代。過去只重視翻譯經驗的傳承與討論，這個時期開始整理過去文獻，討論翻譯理念並加以發揚，同時更吸收西洋理論，其目的是要建構中國派的「翻譯學」。

---

[16] 引自劉靖之的〈重神似不重形似：嚴復以來的翻譯理論〉，收入前註所及之《翻譯研究論文集：1949-1983》，頁 377-391。引文見頁 387。

4.5　結語

　　總結而言，過去，在翻譯上，中國一直處在輸入的角色，翻譯理論也如此；然而。隨著國力漸漸的強大，文化復興，以及電腦的中文化，漸漸走入自立更生的階段。除整理有關文獻外，其最新潮流則把當代西方所有的文學與文化理論（始自結構主義），慢慢轉化成翻譯理論，即把當代文學理論在翻譯理論上引申、挪用、發揮。我們預期中國的「翻譯學」將朝這個方向進行，是一種中西合流的綜合朝向。

　　在我國歷史悠遠的翻譯論述裏，我們發覺，嚴氏「信達雅」說，創意雖不大，但平易近人，操作容易，故特為普及。《禮記》〈王制〉篇所載所引發的字源學的多元定義，道安關注風格差異的「五失本」與時代相異的「三不容易」，鳩摩羅什關注翻譯美學的「意譯說」，玄裝關注地域差別及梵音宗教特質的「五不翻譯」，在理論及翻譯實踐上，深刻而難能可貴，是我們翻譯史上可貴的文化遺產。最後，目前，就中國現代翻譯學而言，最有創意的基礎理論建樹，筆者以為，也許當推錢鍾書根據漢語「譯」字從「語源學」開發出來的對「翻譯」的綜合定義。徵引如下，並略微解讀以作本章之結尾：

　　　　漢代文字學者許慎有一節關於翻譯的訓詁，義蘊頗為豐富。《說文解字》卷六《口》部第二十六字：「囮，譯也。從口，化聲。率鳥者繫生鳥以來之，名曰囮，讀若譌」。南唐以來，小學家都申說「譯」就是「傳四夷及鳥獸之語」，好比「鳥媒」對「禽鳥」所施的引「誘」，

「譌」、「訛」、「化」和「囮」是同一個字。這些一脈
通達、彼此呼應的意義，組成了研究詩歌語言的人，所謂
「虛涵數義」（manifold meaning），把翻譯能起的作
用、難於避免的毛病、所嚮往的最高境界，仿佛一一透示
出來了。文學翻譯的最高標準是「化」。[17]

　　錢鍾書根據《說文解字詁林》作了上述德希達（Derrida）
式的解構閱讀，活化了「譯」字的眾義性，也同時獲致「譯」的
多面性，切入了翻譯的多變特質，即使以當代對翻譯之認知，仍
有所啟發。後起者多強調「化」，筆者則愛其「誘」、「譌」、
「訛」諸義，以其得「反面詮釋學」之置疑，符合後現代視野。

---

[17]　見其〈林紓的翻譯〉。《翻譯研究論文集：1949-1983》，頁 267-391。
　　引文為該文之開首。

第五講　西方翻譯史略與理念

5.1　史略

　　古代史詩，除希臘兩大史詩《伊利亞德》（*The Iliad*）與《奧德賽》（*The Odysseus*）外，尚有印度兩大史詩《摩訶婆羅多》與《羅摩衍那》，及中東的《吉爾伽美什史詩》（*The Epic of Gilgamesh*）。《吉爾伽美什史詩》是以索馬力文（Sumerian）寫成的全球最古老的史詩。中國雖沒史詩，但或可把《詩經》裏某些詩篇重組而成，或跟隨龐德（Ezra Pound）文化史詩的定義加以擴大，以整本《詩經》作為文化史詩，亦無不可。這些史詩的翻譯，構成了全球翻譯史上一個時空縱橫的紐帶，反映著各個民族與文化的消長。這是一個非常有意義的翻譯研究課題，似乎目前尚沒有專著問世。

　　1799 年出土了羅塞塔石碑（The Rosetta Stone；現存大英博物館），約為西元前二世紀的產物，上刻有古埃及象形文字，稍後的古埃及的通俗體（Demotic script），以及古希臘文的譯本，三者並存的碑文，內容為當時埃及法老王托勒密五世（King Ptolemy V）表揚其父功德的詔書，而其時為希臘屬地，並流行

希臘語。[1]羅塞塔石碑太重要了，因為它而得以破解古埃及象形文字之謎，在翻譯史上不得不提。然而，如尼德所言，西方翻譯有實證的最古翻譯，當推西元三千年亞述王薩爾貢（Sargon of Assyria）多語言的刻碑了，薩爾貢好把功勛以國內不同語言刻寫於石碑上。時間往下，巴比倫城（Babylon）在漢謨拉比（Hammurabi）王朝，已是一個多語言的王城，國務需由一群的書記人員從事書寫及翻譯，而從出土的石碑顯示，其時這些人員已編寫出多語言的詞匯字典，以便翻譯。這多語言的翻譯情形，也記載在更後的《舊約》的〈Esther 8:9〉章節上。[2]

　　古希臘不熱衷翻譯，古羅馬也是，因為古希臘有自我優越心態，而古羅馬人精通希臘文，因此不需要過賴翻譯。古羅馬跟隨古希臘的世界觀與文學觀，但把羅馬特質加諸其上，將其羅馬化。

　　羅馬帝國時期，歐洲各國獨立前是拉丁文的天下；義大利文與法文等歐洲語言，是在 12 世紀才成氣候。德、法、義大利等建國之後，才有大量翻譯的需要，而羅馬大帝國也漸漸沒落。此時，歐洲文明及翻譯史上，最重要的莫過於《聖經》的翻譯，其次為哲學的翻譯，再來才是文學的翻譯。在西方翻譯史上，《聖經》（*Holy Scriptures*）包含《舊約》與《新約》。最早的翻譯，是由希伯來文翻成希臘文；這是由於散居於希臘各地的猶太人，在宗教集會、論經、傳布上的需要。譯文以忠於原著為主，

1　參尼達頁 11 及 https://en.wikipedia.org/wiki/Rosetta_Stone。

2　以上皆見尼達，頁 11，按：漢謨拉比王朝功勛及文化兩者皆顯赫，「以牙還牙，以眼還眼」即出自其〈漢謨拉比法典〉（約公元前 1772 年頒行），參 https://zh.wikipedia.org/wiki/汉谟拉比法典。

即以信實為主，但頗簡陋，並且充滿猶太的詞彙。其後，由拉丁文翻至阿拉伯語的《聖經》，是較嚴肅的版本，蓋當時阿拉伯統治全球的相當部分，並把希臘文明變為阿拉伯所有。

事實上，在阿拉伯世界盛期，許多不同語言的作品都曾翻譯成阿拉伯文。回顧歷史，自羅馬帝國滅亡，世代交替後，許多古代經典也隨著戰火損毀消失。幸虧阿拉伯的譯本沒有遭到太大的毀損，使得世界文明的一些經典作品能完整或局部的保留下來，這也顯得阿拉伯文對世界的貢獻。因著歷史變遷的緣故，中世紀時，天主教主導歐洲文明，教廷及經院哲學等，皆以拉丁文行之，阿拉伯文的譯作又重新被翻譯成拉丁文，以廣流傳。然而，阿拉伯文譯作所表現的古文明，由於是翻譯及其他因素之故，還是與當時直接繼承希臘、羅馬文明的歐洲主流有些差異，形成雙軌的文明。

文藝復興時期，英國第一位翻譯大家是大詩人喬塞（Geoffrey Chaucer, 1340-1400）。他的傑作《坎特柏里故事》（*Canterbury Tales*）即挪用了許多歐洲大陸的素材。有趣的是，在當時 14 世紀的歐洲，喬塞所用的語言文字，被視為野蠻而未馴服。他曾譯有法、德、義的文學作品。其時，法國詩人洛里斯（Guillaume de Lorris）及摩恩（Jean de Meun）續作而成目前的長詩《玫瑰傳奇》（*Roman de Rose*）（情人之間以玫瑰象徵愛情的傳統，其淵源就來自這作品），義大利作家薄伽丘（Giovanni Boccaccio）的《十日談》（*The Decameron*），拉丁哲學家波愛修斯（Boethius）的《哲學的慰籍》（*The Consolation of Philosophy*）[3]都被譯成英文，可見英國當時的文化對歐洲大陸的入超狀況。換言之，中世紀時，拉丁文、義大利文、法文較占優勢，英文在當時是處於相對弱勢的情況。

在此順便談一下所謂智慧財產權。現在大家都提倡智慧財產權的重要，其實作者抽的版稅很少，幾乎都給了出版社與經銷商；所以，智慧財產權似乎是出版社為了自身的利益所做的一種壟斷。古代並沒有智慧財產權的概念，智慧財產權的觀念於近十年來被過度重視。文藝復興時期，即從 14 世紀到 17 世紀中期，在歐洲，「重寫」、「挪用」和「剽竊」之間的界線並不明顯。此見於其時的文學。舉例來說，班・詹森（Ben Jonson）的 "To Celia"，是一首音韻流暢、富英國道地韻味的騎士派情詩，事實上卻是從古希臘一位名叫 Philostratus 的哲學家所寫的情書中，綴拾五個片段，再經作者的藝術處理而成。[4]我們實在無法確定在文藝復興時期，還有多少這類的挪用。無論如何，由於這挪用與翻譯的界線不明，許多希臘羅馬的哲學與文學得以保留流傳下來而不為我們所知。

在 18 世紀，也稱為奧古斯丁時代（Augustan Era），是所謂「新古典主義」時期，翻譯也帶有古典的色彩；當他們翻譯歐洲作品為英文時，因受古典風格及措辭的影響，不是很自然通暢。在這時期，翻譯以詩為主，小說和散文也有被陸續翻譯，例如古

---

[3]　此書 6 世紀成書，8-9 世紀阿佛烈（King Alfred）王朝間譯成古英語，而喬塞又於此文藝復興時期翻成中古英語，故一並列於此。

[4]　參 Hugh Kenner 所編 *Seventeenth century poetry; the schools of Donne and Jonson* (New York, Holt, Rinehart and Winston, 1964). 讀者亦可參網上資料 https://en.wikipedia.org/wiki/Drink_to_Me_Only_with_Thine_Eyes。

羅馬傳記作家普魯塔克（Plutarch）的《希臘羅馬英豪列傳》
（*Parallel Lives*）、16 世紀法國作家蒙田（Montaigne）的《蒙
田散文集》（*Essays, 1603*）、17 世紀西班牙作家塞萬提斯
（Cervantes）的《唐吉柯德》（*Don Quixote*）等；然而，歐洲
大陸作品被翻成英文時，大多是較粗略的版本，故到了近代，這
些作品大都被重新翻譯。到了 18 世紀，雖說其時大詩人約翰‧
德萊頓（John Dryden, 1631-1700）和亞歷山大‧蒲柏
（Alexzander Pope, 1688-1744），亦從事翻譯，甚至某些譯作掛
他們的名，其實都是集體合作（collaboration）居多，風格較不
顯著。德萊頓的翻譯觀，倒值得一提。德萊頓說：

> 翻譯者要傳神書寫原著，就絕不能留置在原作者的文字
> 上。他必須全心投入於自身的書寫，完美地領悟原作者的
> 天才及其意涵，主題的本質，以及作品中的藝術取向。這
> 樣，他得公正地全心投入，有如書寫他的原著。如果翻譯
> 者只是逐字逐字譯出，他會在冗長的轉寫裏失去原著的精
> 神面貌。[5]

我們不要忘記，歐洲中古時期，許多經典最早幾乎都是以拉
丁文書寫，後來歐洲大陸各帝國興起，也漸漸被翻譯成其他的歐
洲語言。其中，英國地處歐洲大陸邊緣之島嶼群，屬後起的文
化。英語的擴張是 19 世紀以來的事，這是隨著英國殖民主義的

---

[5]　譯自《大英百科全書》〈translation〉條。原出於 1911 年的百科全書
　　版，第 27 冊，頁 186。今見其網路版 http://encyclopedia.jrank.org/TOO_
　　TUM/TRANSLATION.html#ixzz5OK0kHVZV。

擴張與美國霸權的興起而來。這個狀況，使到英語與其他國別語言的對譯，在全球上成為目前翻譯的大宗。

　　最後，闢一小目敘述《聖經》在西方的翻譯。[6]《聖經》的翻譯乃是宗教文本的翻譯，有其特別的要求，在西方翻譯史上占有特殊的重要性及意義，也帶來了一些翻譯上的思考。究其實，翻譯是為溝通、為實際的需要而生，即使是宗教方面的文本，也是如此。大概西元前 397 年前後，為了讓從美索不達美亞（Mesopotamia）歸來的猶太人聽懂教理，宣道時得用猶太人當時流行的阿拉美語（Aramic）來翻譯或解釋猶太語的《舊約》。同樣，在埃及的亞歷山大（Alexandria），在西元前 130 年前後，為了居住其中的大量的講希臘語的猶太人口，學者們就把《舊約》翻成希臘語。如所周知，《舊約》屬於猶太教，而《新約》則為基督教的新創。隨著基督教成為羅馬的國教，《新約》之翻譯為拉丁文，理屬當然。但拉丁語譯本初期皆相當粗鄙，有鑒於此，並為統一教義，西元 384 年，教宗聖達摩斯一世（Pope Saint Damasus I）便任命上聖杰羅姆（Saint Jerome）負責推出拉丁語的定本《新約》。

　　其次，大張旗鼓的聖經翻譯，往往與教派興起有關。16 世紀宗教革命帶來基督教（新教）的興起，遂有倡導者馬丁路德（Martin Luther）的德譯。當英國與羅馬教廷割裂，英國國教成立，亨利八世（King Henry VIII）於 1543 年宣佈為英國教會領袖，而詹姆斯一世（King James I）推出英國教堂專用的聖經新

6　此節主要參考尼達，頁 11-20，並輔以網上 *wikipedia* 等有關資料。

版，並責令翻譯團隊要發揚英國新教的義理。這就是著名的《詹姆斯聖經》的由來。

尤為重要的是聖經翻譯與翻譯理念及論說興起的密切關係。就時間先後而言，聖杰羅姆在拉丁版《新約》推出時，提出其翻譯名言，即「文義互換而非字字對譯」（sense for sense and not word for word）的翻譯守則；用現代術語而說，守則著眼於翻譯中面對的兩語言間的對等問題。在此名言裏，原文與譯本的對等，不再是前人講求的字的對等，而是文義的對等。馬丁路德（Martin Luther）推出其德譯時，更洋洋灑灑地鋪陳其翻譯的論述。馬丁路德強調譯作的可瞭解性（intelligibility），故翻譯時可作語序的改變，加上連接詞，用片語翻譯單詞，喻況與非喻況語互為對譯，同時要細心關注教義以及版本上的各種歧義等。相較之下，詹姆斯一世（King James）所委托的翻譯團隊推出的英譯聖經，費時七年（1604-1611），參與神職學者共 47 人，卻沒有在翻譯論說上有特別的提出；然而。其以已有譯本為基礎，擇其優的集大成的方法，卻為後世所遵守。雖說集大成，但當然還是要有自己譯本的風格與聲音，而《詹姆斯聖經》事實上是一部非常出色的優美的英譯《聖經》。

同時，《聖經》之翻譯，大大地促使「目標語」內部起了積極的作用，促進其飛躍的發展，並提高了國家身分的認同。聖杰羅姆的拉丁版《新約》，把拉丁語提高到宮廷般的典雅高貴，並能承載宗教內涵，更經由修辭學家們的努力，把拉丁語宣揚為別具一格，天才般的語言。馬丁路德以當時為社會大眾所講用的德語翻譯，把新教教義帶進德國社會、教堂、與家庭，提升了德語的地位，因而有助於德國身分的認同。其《新約》譯自希臘語，

為路德獨自完成的力作，而《舊約》則與多位學者合力而成，譯自希伯來語。《路德聖經》對德語影響深遠，大文豪歌德與哲學家尼采都讚美，可見其譯本文質並茂。為詹姆斯一世所頒令，世稱為《詹姆斯聖經》（*King James Version* 或 *King James Bible*）的英譯聖經，其對英語的影響更不在話下。這英譯聖經專為教堂之需，在教堂內朗讀及對答之用，而這譯本在這方面特別表現出色，這是由於這些從事翻譯的神職學者們，對教義的深刻認知，以及對公眾宣導語言非凡的感知與掌握，有以致之。最後，由於聖經是神聖的宗教文本，其翻譯上有特殊的層面與要求，甚至祈求神恩。尼達在上述敘述聖經翻譯流變結尾處，引近人格蘭特（Frederic C. Grant）的歸納說，「聖經翻譯者不能僅充分利用科學性的文字學及教義上的各種詮釋，還需祈求上帝，依賴神恩才能完成。上述的聖經翻譯者，都在其有關言說裏面，表達著這虔誠與依賴神恩的心。」[7]

5.2　前語言學翻譯理念

尼達在其巨作中關有命名為〈翻譯的定義〉一小節（頁161-164），把西方的翻譯論述，也就是近代語言學興起以前以翻譯經驗演繹出的個別性的評論與觀點，與近代以語言學為基礎的系統性理論區別開來。尼達書中徵引及評述了這些豐富、多樣、相互爭衡的前語言學的翻譯理念與標準，此亦為該書的一亮點。筆者從其中挑選了若干不同觀點的原論述，略過尼達的評

---

[7]　見尼達，頁 152。

論，為這些前語言學的翻譯定義、衡量標準、與經驗之談作再申論與再評如下。

先說 Prochazka。

他認為要有好的翻譯，翻譯者須具備以下的素養：1、從主題及風格層面上了解原作的語言。2、克服兩個語言結構之間的差異。3、在譯作裏重建原作品的文字風格。換言之，他以信為主，並且相當周延，涉及語意、風格上原著與譯作的對等。他的要求，不但指向譯者的精讀能力，比較語言的認知，並指向語文的使用能力。若沒有足夠的語文使用能力，也就無法將譯本調整到可閱讀的層級，更遑論達到善譯的境地了。

次說 Jackson Mathews。

他以達為主，強調重新創造的重要性，盡量抓住原來的風格，同時變成道地創意的本國語，引進新的表達方法，使語彙跟思維本土化，形式則不必完全一致，但求盡量接近。這種說法很得體。Mathews 說，「翻譯一首詩，就好像重新創作一首詩」；又說，「翻譯必須於忠實於原作的內容材質，但形式上則盡量接近便可」，又說「譯作有其自身的生命，那是翻譯者的聲音（voice）」。然而，翻譯詩歌就等於一次重新的創造，則處於正負面相輔相成的狀態。負面是，無法抓住原作者的聲音，但這負面正使到翻譯者的聲音得以完成。以莎士比亞的劇作《羅密歐與茱麗葉》的演出為旁證，以不同演員來揣摩角色，就會有各自不同的味道，優秀者更演出各自迷人的風采。由此而論，好的翻譯者須有自己的語言風格，才有味道神韻，並在翻譯時努力保留原作之語言特質與風格，將其譯為忠於原著且具創新的表達方式，來豐富本國語文，擴充本土的哲學與人文思維。

次說 Richmond Lattimore。

他觸及譯品異國化與本土化的有趣問題。他以翻譯希臘詩歌為例，謂「假使把希臘的詩歌譯成英詩，若細讀其文字後，仍得知是從希臘詩歌所翻譯過來，則為成功的翻譯」。其理論雖有「達」的特色，以詩歌翻譯詩歌，但卻要求得其兩端，其中似乎涉及今日所謂文化翻譯的課題。異國風加本土化確是翻譯的正途。翻譯沒有一定的標準與理論，尤其是詩的翻譯，形式和內容之間的聯繫，形式和動力對等之間的矛盾，總是劇烈地呈現。對辭彙的固守，的確可能扼殺詩的靈魂，「譯詩」要具詩的品質，這種說法逐漸被翻譯界認同。

次說 William A. Cooper。

他在〈翻譯歌德的詩〉一文中探討翻譯問題。他說：「假如原作語言裏，所使用的詞彙語法，會引起直譯不能克服的困難，或全然陌生的喻況語言，在目標語裏直搬則不能理解；那麼，這時應捉住原詩的靈魂，且用本國的通達的語言與喻況來表達為宜，這需考慮文化的因素。這也許可稱為文化與文化的翻譯」。講得很好。然而，世界上的語言差別少於類同。客觀而言，翻譯者就像總裁一樣，隨時得做決斷，決定何時該傳神意譯，何時該平實直譯。「翻譯」最後不免是「文化翻譯」，也就是不同文化間的相互調適，因此在翻譯時須了解不同的文化的背景，作出不同文化的考量與選擇。

次說 Goodspeed。

他認為翻譯要在目標語裏讀來自然，不像在讀翻譯。這看法與上述 Richmond Lattimore 的持論相反。他說，「最好的翻譯不會一直提醒讀者他正在讀譯本，而是讓他壓根兒忘記他正在讀的

是譯本。讀時，他會讀進了古人的心裏，就像進入當代人心裏一樣。這當然不是易事，但這是任何嚴肅的翻譯者的任務」。要達到這效果，我們會認為，譯本要在語言上及表達上沒有讓讀者感到窒礙難行的地方，就像讀本國當代作品一樣，讀者就不會覺得正在讀譯本，也可說是「達」與「本土化」的高境界。不過，即使這境地可以達到，我認為也不見得就是翻譯的最高境界。一些壓根兒不能本土化的東西，一些異國的、陌生的、不易接納的造詞、語法、喻況，在譯本上製造一些窒礙難行，也許更有挑戰，更有趣味；讓讀者驚嘆，這是翻譯的作品，跟本國的作品不同，但真的很棒。

　　次說 Raymond Guerin。

　　這裏，Guerin 換過角度來看作品，以翻譯的難度來論作品的優劣，我們也可以倒過來以此視野來論翻譯。他說，「作品的品質的有效保證是它的難譯度，只能在譯者突破重重困難中譯出。如果這作品輕易地就譯到被另一個語言而不失去其精華，這作品本身一定沒什麼突出之處，最少不是什麼珍品」。這說法可緊接上面筆者對 Goodspeed 的回應，每個語言都在語詞、語法、表達手法上有它的特質，不易更換，而翻譯必然面臨其不可翻譯性。難能可貴的作品，根植於其語言最艱深處，可說對譯者設了重重障礙，而譯者只能在重重困難中完成翻譯的任務。

　　最後，就筆者而言，在以語言學為基礎的系統理論在翻譯學獨領風騷之際，這些前語言學的經驗之談及翻譯理念，不乏真知灼見，實為對此語言學霸權的一個救贖。上節中的中國歷來的翻譯理念，也是前語言學的，也扮演著同樣的功能。這些前語言學的翻譯演繹出來的理念與論述，大多是源於佛經、聖經、詩歌的

翻譯經驗而來，對這些文類類屬的翻譯，實有所啟發，亦相當地有其通用性與參照性。事實上，班雅民的當代經典論文〈翻譯者的任務〉，也是非語言學的。最後，晚近的所謂「翻譯研究」所開的新途徑，也並非全語言學的，而是跨學科的途徑。對這些語言學稱霸前的翻譯理念與標準，尼達總結他的心得說，從這些豐富的資料，我們可看出「這是好翻譯嗎？」這一問題，往往會有同樣合法的多種答案，因為要評論一個翻譯品，我們有無數的因素要考量，而對每一因素的比重也可有不同的衡量。[8]

---

[8]　尼達，頁 64。

第六講
中英語言差別與翻譯工具應用

6.1　中英語言差別與翻譯

　　首先，語言能力是存在於腦神經裏，掌管語言能力的部位受損，就會影響語言的操作，語言喪失症（aphasia）現象即為其表現。口語系統（出自發音）與書寫系統（出自文字記號）都只是這語言能力的載具，載具沒有成熟，語言就沒法出現了。鳥獸可能在這兩方面都不足，所以無法產生像人類一樣的語言。不同的載具，聽覺的口語系統與書寫的文字系統兩者的關係與偏重，都會影響著個別語言的表現。就中英語言的特性而言，在比較語言學上，我們可以用兩者在語言類型的歸屬不同作為論述基礎。其一，就語音與書寫的層面而言，中文通常稱為象意文字或象形文字（ideographic language），而英文則是字母文字（alphabet language；就構字法而言，稱為多音節語或更符合實際）。其二，就動詞變化而言，中文所代表的象意文字，被稱為「孤立語」（isolating language）或「分析語」（analytic language；析者，析離之意），而英文所屬的字母語言，被稱為「屈折語」（inflected or inflectional language）。前者的動詞沒有詞類變

化，而後者的動詞則隨時態、主賓詞、單複數、主動被動等而作相對應的詞類變化；或因而譯作「屈折語」；意謂詞類曲折多變。這語言類型差異可視為中英語言的首度差異，其後兩語言間的次差異似乎皆從此中衍生。然而，這語言類型的說法，不免籠統，尚需進一步的界定與澄清。

首先，英語與漢語（按：在目前辭彙，沒有「中語」一詞，故用漢語，而在語言學上也通用此稱謂，指稱漢民族所用語言）皆有語言部分及書寫部分。根據雅克慎的分析，英語的語音系統從低而上由辨音素（distinctive feature），音素（phoneme），音節（syllable），音串（sound string）構成，而最終組成音義合一的基本單元——word（就音而言，可譯作單語或語詞，就形而言，可譯作字）。在實際操作上，語音與隨後的書寫，共同使用 26 個英文字母（作為發音協助的字母，與音素相近，但非等同）。嚴格來說，這兼具發音與書寫功能的英文字母，只是一個標識系統（notification system）。就發音而言，是一個有缺陷的標識系統，因這些字母在語串中的實際發音亦有所變化，需作更準確的音標系統（如韋氏音標）來標出，而作為書寫系統，英文字母則標識穩定。由於是字母系統，標音方便；為了識別之故，大多數皆為多音節的字，很少單音字，這與作為「表意文字」以單音為通例的漢語語音系統，大異其趣。當然，就漢語而言，應該也是先有語言，後有文字，蓋及至商朝甲骨文出現，中國才有功能完整的文字系統。漢朝的許慎在《說文解字》裏，歸納出中國文字的六種結構，稱之為六書，即象形，指事，會意，形聲，轉注，與假借。前四者後人稱之為造字之法，後二者為用字之法。中國文字的書寫系統，雖後起於語言，但由於其自具結構，

成為獨立自主的表意系統，其地位隨著其對文化深度發展及保存的價值，更形重要。故中國語言之研究，偏向文字而形成文字學，並衍生出訓詁學與聲韻學，而非像音標或字母系統偏向語音而發展為語言學（按：英文的 language 與 linguistics，其語根皆為發音之意）。同時，由於中國文字建立在象意的基礎上，富有意象性之美，最終發展出在世界上獨樹一幟的書法，以及與書法淵源甚深的水墨國畫。從心理層面而言，象意文字之創始，並在長久的使用與創意發揮裏，深深地影響著中國人的思維，近人往往以形象思維稱之。然而，這中國人為形象思維的說法，需作進一步的澄清。就形象思維與分析思維互為對立而言，誠或有其參照的價值；但若以形象思維來概稱中國人的思維模式，不免偏頗，以偏概全。我們只能說，象意文字之創造及發揮，意味著中國人心志思維上，在這個層面上有突出的表現，而在各文化層面上都多少受到這形象思維的影響，而在美學思維上特為顯著。同時，所謂「孤立語」，表面上是指各字或各語言單元各自獨立，實質而言，是指由於沒有動詞變化，故語言所表達的時態、主賓、單複數，及主被動等信息，必需由語言中的其他部分承擔，甚至更依賴指涉範疇及上下脈絡。英語為屈折語的印歐語系的後起之秀。然而，自古英語及中古英語以來，近代英語朝孤立語的方向發展，其動詞變化，與標準的屈折語拉丁語相比較，就明顯的簡易多了。

　　誠然，在比較語言學上，英文擁有字母語言與「屈折語」兩個特徵，而中文則擁有其相反的「象意文字」及「孤立語」的兩個特徵。這個二元對立的區分，作為廣延的地平線視野，有其根源性的參照價值，但應用時還得照顧到各語言局部的實際。我們

在上面的論述裏，多從理論與基礎的層面著眼，現在讓我們落到中英語言的實際層面，從語音，語法，及語意三層面，從事一些或與翻譯有關的分析，而這分析非全面的，而且往往是個人認知與經驗之所及。

先說語音部分。中文為孤立語。單音字為主，以音調為區別同音異義，同音字仍過多。為彌補這個不足，遂沿著以綴合二字為單詞的語彙建構方向發展，也等於說從單音節衍生為二音節的語彙單元。因此，中國語言的節奏，即建立在音調（平仄陰陽）及雙音節的變化上。這種的語音變化，造成了中國古典詩歌特有的格律與對仗經營，甚至吟唱，唐代律詩與絕句即為其登峰造極的表現。英文為字母語言，其單字往往為多音節，而其音節的計算以母音為依據，發展為以「音節」（syllable；一母音為一音節）為計算單位。「音節」有輕重（stressed or unstressed）之分，並把音節的輕重與多寡連接起來，成為「音步」（foot），終發展為以「音步」為計算單位的英詩古典音律。英詩的「音步」是輕重、重輕、輕重重、重輕輕，及重重五類，而每行最常用的是由一至五個「音步」構成。如莎士比亞戲劇以「無韻詩」（不押韻）為主體，而其音律為「抑揚五步體」（iambic pentameter），即每行為五個輕重「音步」所構成，產生抑揚頓挫的節奏。中英古典詩歌的「押韻」，都是建立在「母音」上，也同樣會在「聲母」下功夫，「聲母」和諧我們稱之為「雙聲」，而古英詩對此更加格律化，稱之為「首韻」（alliteration）。顯然地，這些都是與中英語言的音效有關，並轉化為中英詩歌的格律。

語言的語音效果，目前，語言學多用「語音象徵」（sound

symbolism）稱之。「語音象徵」當然與當中的語言特色相結合。就聲調的語音象徵而言，漢語的四聲，不但有表意上的識別功能（估古股故發音相同，聲調不同，即標識不同的字義，為不同的字），尚有其美學上的功能；四聲歌即說，「平聲平道莫低昂，上聲高呼猛力強，去聲分明哀遠道，入聲短促急收藏」。四聲之外尚分陰陽，低音為陰，高音為陽，稱之為陰陽，其象徵意義自明。四聲與陰陽結合而為陰平、陽平等等，故閩南語分七聲，粵語分九聲，多一中入。就韻腳而言，有所謂「險韻」，即以音色冷僻而字寡者押韻，稱之為「險」，即見其況味，而「險」字本身之音色即屬於此類屬。當代西方論語言象徵，往往始於「i」（發音如英文 i 的短音）「u」（發音如烏）兩兩相對，學界謂前者有纖細等一連串的象徵，後者則引起龐大等一連串的聯想，並謂此為跨越國別語言界限的普遍的象徵。我們發覺，中文的險韻，其韻母往往靠「i」的一邊。柳宗元的〈江雪〉，「千山鳥飛絕，萬徑人蹤滅，孤舟蓑笠翁，獨釣寒江雪」，其韻腳絕、滅、雪（三者古音皆為入聲字），襯托出嚴寒孤絕之況味。然而，中文最特別的語音經營，莫過於「連綿字」了。《古詩十九首》把「連綿字」發揮得淋漓盡致，諸如「盈盈一水間，脈脈不得語」等，已融入中國文化的深處了。「連綿字」經由或疊字，或雙聲，或疊韻的兩個字，作為動態的描述；它經由聽覺（甚至及於象意文字的視覺意象）的疊合、顫動、與綿延，切入事態幽微之處，可說發揮了我國語言最特殊的品質，其他國別語在此恐無法望其項背。從這些例子裏，我們觀察到漢語的「連綿字」，雖以音為美學所在，但亦及於語義，這音義融合現象，可溯源於漢語造字法中的「形聲必經會意」的規則，而

這規則是源於漢語的象意文字本質。

　　當然，屬於字母文字的英語，也有它獨到之處。它是多音節的語言，在語音變化上自有其揮灑空間，尤其是散文節奏上的經營。即使就「音步」而言，其「輕重」步之抑揚，其「重輕輕」步之有若華爾茲圓舞曲，讀來也別有風味。如仔細靜聽，其散文優美處也許也迴蕩著這些屬於英語音特質的「音步」，但不像在古典英詩歌中在詩行裏受詩行格律的限制，而是自由地隨興演出。事實上，英語言沒有用聲調作為辨識指標，但其句子首尾聲調的抑揚，富有特殊的音色變化，並往往兼有表意及表情的功能。在舞台上，在出色的演員嘴裏，「how do you do?」，可以有十來種不同的聲調變化，表示出稍微不同的情緒及與受話人的關係。

　　「狀聲詞」（onomatopoeia）也是語音象徵的功能表現。鳥聲是中英語音常有的經營。漢語的經典例子，可上推到《詩經》的「關關雎鳩」或「鳥鳴嚶嚶」，而英語的經典例子，莫過於以狀聲詞「cuckoo」作為布穀鳥的名稱了──漢語的布穀鳥，是狀聲，也是會意，蓋布穀鳥來時，也是春耕的時刻了。當然，「狀聲詞」還應用在鳥獸以外的對象與事態，而漢語在這方面遠比英語來得豐富。《詩經》〈綿〉詩，寫古公亶父遷族於豳後，寫宗廟建築的情景，謂「其繩則直，縮版以載，作廟翼翼。捄之陾陾，度之薨薨，筑之登登，削屢馮馮」，全用狀聲詞來摹寫其動作，建造時各種聲音交錯，宛然在耳，把狀聲詞發揮得可謂高妙。同時，在這裏我們也看到「連綿字」與「狀聲詞」合流的現象。「連綿字」與「狀聲詞」在《詩經》與《古詩十九首》大量應用，扮演著重要的美學功能，以後就似乎退居幕後了。在唐詩

宋詞裏，不甚多見，像李清照〈聲聲慢〉開頭那樣「淒淒慘慘戚戚」近乎連綿狀聲的表達，倒是不多。英語雖然不擅於「連綿字」與「狀聲詞」，但在大詩人的音效經營下，也別有一番丰采。艾略特（T. S. Eliot）在《荒原》（"The Waste Land"）裏，描寫在沙漠中夢想甘泉的一幕，實在是聽覺的一大享受：

If there were water	假如有水
And no rock	不是石頭
If there were rock	假如是石頭
And also water	同時有水
And water	於是　水
A spring	流泉
A pool among the rock	涓水盛於石中
If there were the sound of water only	假如只是水之聲
Not the cicada	不是蟬鳴
And dry grass singing	不是乾草枯唱
But sound of water over a rock	而是水聲流過石面
Where the hermit-thrush sings in the pine trees	而畫眉隱士般松樹林裏鳴唱
Drip drop drip drop drop drop drop	滴滴答滴答滴滴答滴答
But there is no water[1]	但水蹤渺然

---

[1]　T. S. Eliot, *The Complete Poems and Plays* (Orlando: Harcourt Brace, 1952), pp.47-48.

詩節中用假設語氣的「If there were」帶領與現實相違的夢囈般的兩個虛想場景，及至末句由現在時態的「But there is」帶領的沒有水的沙漠當下，從夢囈回到現實。夢囈中的水聲「Drip drop drip drop drop drop drop」，聽覺的模擬，非常傳神。同時，rock 與 water，不斷更迭，產生有如搖滾樂的節奏。我上面隨手的中譯，與原詩的神韻相較，遜色不少，尤其是 rock 與 water，反復更迭的聲音效果，在水與石頭裏，就無法達到。誠然，詩是最植根於語言本身的最深處，尤其是語音象徵部分，故其不可翻譯性特為顯著。

最後，當代語言學對「語言象徵」有深刻的體會，認為在語言裏，「語音」與「語意」間有著「肖象」（iconic）的關係，並非武斷地湊合一起。前面所提到的「i」與「u」的兩兩相對，並延伸為不同指涉範疇的對立的兩個聯想串，即為明證。然而，根據音義同源來造字（word），有很大的極限，故其後我們的智性能力壓服原為造字基礎的「肖象性」，強把沒有類同基礎的語音與語意連在一起。這知性能力讓語意強勢壓倒原應有的語音與語意閒的「肖象性」，筆者想在這裏舉個好玩的本土（廣東）例子。粵曲的四大名曲之一的〈妝臺秋思〉，原應為婉約的女性秋思，卻在粵劇《帝女花》裏，成為駙馬與公主共赴國難，洞房花燭夜殉情的凄美文本。其後，好事者竟用這婉約的〈妝臺秋思〉曲調開首兩個音句，改寫為「落街無錢買麵包，賒錢又怕老婆閙」的下層人物寫照[2]，粵曲名伶鄭君綿更以其特有的滑稽唱

---

2 按：無，廣東話發音如母；閙，廣東口語，有音無字，借用閙字之音標出，其意為罵。

腔唱出，其粗賤的語意與妝臺秋思的女性曲調竟然合在一起，而且為我們欣然接受，那就充分看到知性在語音結構上加諸於語意的強制能力了，也可以看到人類心靈的靈活性了。當代語言學對在這方面的研究，以「字母語言」為主要對象，英語有著這類「語言象徵」的音效，應無疑慮。換言之，在連綿不斷的許多英語語串構成的英語「文本」的背後，如果我們仔細聽，也許在我們的潛意識裏，迴蕩著這音義相肖象的餘韻。當然，這「我們」應該是指以英語為母語的英語使用者了。這深層的語言的象徵性，實不容忽視。在這個層面上，在中英語言及文學文本上表現的特色，目前好像還沒有什麼深刻研究，筆者就得在此打住了。[3]

　　次說語法部分。這包括句法、片語，及辭彙的結構法。就句法而言，中英文皆以「主詞－動詞－受詞」（S-V-O）為句子的基本結構，兩者無甚差別。然而，在此基礎下，中文作了兩個顯著的變化，一是在上下脈絡可瞭解的狀況下主詞往往省略，詩詞中更是如此，如李白「花間一壺酒，獨酌無相親」，「獨酌」前的主詞「我」省掉。另一是省略動詞或作動詞用的係動詞的表態句，如天氣晴朗（不必如英文在「天氣」與「晴朗」間有「is」之類的係動詞），而且表態句子甚多。前者與前面提到「孤立語」的特質有關，指涉範疇與上下脈絡在表意上，功能有所加強，而後者與即將討論的漢語的片語及辭彙結構有關，這當然也

---

[3]　關於語音象徵，請參 Roman Jakobson and Linda Waugh, *The Sound Shape of Language* (Bloomington: Indiana UP, 1979)；亦可參拙著《記號詩學》第一部分第四章雅克慎記號詩學中的第四節。

與漢語之為單音單字的「孤立語」息息相關。

由於漢語是單音字，同音字太多。為了識別，除了利用聲調外，就是從「一字為詞」朝「二字為詞」的方向演化，如前面所說的，由「翻」或「易」演化為「翻譯」，而二字詞在詩經時代已成為大宗。一直到元朝，才慢慢出現三字詞，這也成為元曲的一個特色，這或與元曲的音樂要求有關。如關漢卿〈黃鐘煞〉就把新興的三字詞發揮的淋漓盡致：「我卻是蒸不爛、煮不熟、捶不扁、炒不爆、響噹噹一粒銅豌豆，恁子弟誰教鑽入他鋤不斷、砍不下、解不開、頓不脫、慢騰騰千層錦套頭。」另一方面，漢語的片語或成語的發展，以二字詞為基礎，兩個二字詞連接而成為四字的片語或成語，並成為其大宗。由於是片語或成語性質，所以往往不是以完全的句子形式出現，即不是以「主詞－動詞－受詞」的標準結構出現，而省掉動詞與係動詞的表態句出現甚多。仔細看來，漢語中的四字片語或成語，其文法結構極為繁富，隨手之例，如「三更半夜」，「山高水長」，「望梅止渴」，「桃符萬戶」，依例句次序而言，即有同義迭起者，相互映襯者，因果關係者，主賓顛倒者。

同時，隨著唐代律詩在詩體制上的開拓，講求平仄與對仗，並上接辭賦中的駢儷句，發展出對聯或楹聯文化。在廟宇，在大宅，在亭臺，到處都可看到或發人深省，或禪趣自然，或抒懷寫景，或吉祥祝慶的對聯，書藝有時可稱一絕，而春聯更是普及於家家戶戶了。[4]英語方面，由於是字母語言，以多音一字居多，

---

[4] 對聯或楹聯文化，其發達及底蘊既深且廣。如林明德《澳門的區聯文化》（臺北：財團法人中華民俗藝術基金會，1997），即見一斑。小小的澳門，其區聯豐富與多姿，使人驚嘆。不過，該書遺漏了一個我心愛

就無法發展漢語這樣的辭藻與成語現象。

在文化朝向的當代研究潮流裏，美學與文化辭彙當然引起特別的注意，這點在中英語言上尤為突出。在我們日常的生活裏，無時無刻都會碰到兩者的差異。漢語裏常見的美學辭彙，如神韻，氣韻生動，風骨，境界等；文化辭彙，如逍遙，造化，閑雲野鶴等，以及從這美學衍生出來的對人體整體性的審美傾向，如氣質，風流倜儻等，英語往往付諸闕如，這形成翻譯上的一大困難。相對而言，英語卻富於抽象與理性辭彙，如 science（科學），democracy（民主），liberty（法制下的自由），philosophy（哲學），logic（邏輯），poetics（詩學），rhetoric（修辭學），Reason（知性）等。當然，中英在歷史發展軌跡上衍生出來的時代性的文化，同樣值得關注。古代中國的玉文化[5]，魏晉時代的玄學，隋唐以來的佛學（尤其是禪宗），都產生與這些文化相表裏的辭彙，許慎《說文解字》裏與玉有關的辭彙之豐富，即為明證。同樣地，英文化裏中世紀修道院的經院宗教哲學，文藝復興初期貴族的騎士文化與其特有的男女追求模式，都產生了與其相對待的豐富的辭彙。這些，在中英翻譯上都在在要求譯者的專業能耐。

在片語或成語層面，一般而言，無論漢語或英語的片語或成

的對聯與一個刻石。觀音堂（普濟禪院）內亭子的對聯寫著：「月殿夢遊君夢醒，中天飛度我重來」。媽閣廟臨太平洋的大石上，刻有朱色的「海不揚波」。特此補上。

[5]　考古學上認為可能是夏都的河南二里頭遺址，即出土有綠松石龍形器面部以及玉璋，而更早的可能是堯都的山西陶寺也出土有玉圭。參許宏《何以中國》（三聯書局），圖分別見頁91、93，及14。

語，其義與字面義互為表裏，雖然兩者在密切程度上或略有差異。同時，無論漢語或英語，皆有制約型的片語或成語，其義超越了字面義；其實際含義往往是約定俗成，如漢語的「早晨」（廣東方言），英語的「How do you do?」等問候語，往往更多的是打招呼的線路功能。漢語在這方面看來比較貧乏。漢語沒有「Hello!」，也沒有「Hi!」等相對表達，翻譯起來，也大費周章；不翻，就不傳神。

最後，值得特別注意的是簡繁句及語言風格的問題。英語文法嚴謹，這也表現在嚴謹的標點符號上，而漢語原初沒有標點。在英語裏，省略主詞或繫詞是罕有的特例。但在句子與句子之間，有連接詞（connective）相連，而繁句（complex sentence）裏必有關係代名詞（relative pronoun），把主子句和附屬子句勾連起來。在英翻中的時候，譯者往往需要把繁句拆開，變成兩個簡句，而在中翻英時，為了保有英語的風格，卻有時得費心把幾個簡句組合成繁句，以免「文本」裏一直都是簡句。在翻譯過程裏，譯者須在這簡繁句間作適度的處理，一方面要保有源頭語原有的風格，一方面也得朝向目標語的本土化去，以免不順不達，這都有賴於譯者的耐心與語言能力。

次說語意部分。如果語意包含語音的美學部分，那麼，語言的節奏，語音象徵，都含攝其中，這在詩歌中尤為特出。當然，語法更是與語意息息相關了。上面提到漢語省略主詞與係詞，漢語的表義相當依賴指涉範疇及上下脈絡等現象，都大大地增加了其語義的模棱性（ambiguity）。在中譯英時，譯者往往需要釐清漢語「文本」的句法及其所帶來的模棱，不妨在詮釋原文時即

用英語語法重組之，才進行翻譯。漢語的動詞沒有時態，中譯英時，就得大費周章，在過去式與現在式裏猶疑不決。如果仔細體會，我們會發覺沒有時態的漢語「文本」與時態清晰的英語「文本」，即使在忠實的翻譯裏，語意仍有著細微的差異，尤其是在文學「文本」裏。在漢語「文本」裏，即使所寫為已發生的事態，由於動詞沒有時態的關係，會產生一種當下性，普遍性與永恆性，唐詩中的絕句就往往帶有這韻味，如王維的「人閑桂花落，夜靜春山空，月出驚山鳥，時鳴春澗中」即是。職是之故，英譯中時，即使用了現在時態，也無法獲致同樣的效果。「語態」（mood）更是一個攸關語意的文法制約。如果一個語言的本身沒有真正的「假設語氣」（subjunctive mood），就沒有這語態所含有的特殊語意品質。在英譯中裏，我們會碰到這麼的一個不可翻譯性。英語是有「假設語氣」（subjunctive mood），而筆者以為，漢語壓根兒沒有這語氣，也就是沒有這特別的語意品質，甚至可以說，漢人壓根兒就沒有這個思維，沒有用像英語的「假設語氣」（subjunctive mood）去認知世界。這帶來英譯中極大的難題，好像翻出來，事實上沒有翻出來；換言之，作為漢語母語的讀者，面對中譯本，不會像英文母語讀者，面對英文原著中「subjunctive mood」所表達的事態，作同樣的感受與認知。馬浮爾（Andrew Marvell）的名詩〈給他含羞不肯的情人〉（"To His Coy Mistress"），詩開頭即以假設語氣「Had we but」引領一個事實不可能發生的假設世界：

Had we but world enough, and time
This coyness, lady, were no crime.

We would sit down, and think which way
To walk, and pass our long love's day.
Thou by the Indian Ganges' side
Shouldst rubies find; I by the tide
Of Humber would complain.　I would
Love you ten years before the flood,
And you should, if you please, refuse
Till the conversion of the Jews.[6]

假如我們有足夠的時間與空間，
你的害羞不肯就不是那麼罪惡。
我們可以坐下，想想選擇那條芳徑
去散步，享受我們漫長的愛的日子。
妳可以在印度 Ganges 河畔尋妳的寶石，
而我在家鄉的 Humber 水邊唱我的戀歌。
我可以在大洪水的前十年就向妳示愛，
而妳可以拒絕一直到猶太人都改信基督。[7]

　　然而，這一個假設的、與現實相對的理想世界，這假設的、

---

[6]　*The Norton Anthology of English Literature*, 4th edition, edited by M. H. Abrams et all (New York: Norton, 1979), p.1361.

[7]　把「coy」翻譯為「含羞不肯」是根據 Hugh Kenner 教授的解釋，該字在 17 世紀為「unyielding」之意。見其所編 *Seventeenth century poetry; the schools of Donne and Jonson* (New York, Holt, Rinehart and Winston, 1964).

廣延而永恆、而能讓我無窮揮灑於愛情中的世界，這因而可以讓我恆久讚美妳的美麗軀體每一局部與示愛的愛戀世界（這是接著所引詩開頭後的詩行的母題），確是客觀上、事實上的不可能。為什麼不直接用否定式呢？這就要分辨兩者的細微差別了。在英文裏，「假設語氣」代表著微乎其微的可能的不可能，故其所涉世界雖為與事實相違，或可願而不可及的世界，但也同時沒有絕對的否定它，於是在我們對外界的認知與視覺裏，在我們的心靈世界裏，開出這麼一個游離空間。漢語的「但願」（蘇軾的「但願人長久，千里共嬋娟」即是），比較接近英語的「假設語氣」，但只相當於其以「wish」引領的一型，同為願望式的類屬。「I wish I could」就不是願望式，而是客氣的拒絕。英語母語的使用者，一聽就知道沒希望了。漢語使用者說「我希望我可以」時，要看語氣而決定；如果要表示決絕之意，馬上就得接著說「可惜……」，來確認其拒絕之意。當然，英語由「wish」帶領的句子，就像漢語相類似的字詞所帶領的句子，有時只是表達問候或祝福，如「I wish you a happy New Year!」即是。這樣的英語句子，不是假設語氣。筆者認為，嚴格來說，只有像前引馬浮爾詩的例子，才是貨真價實的英語的「subjunctive mood」，而漢語是沒有的。漢語的「假如」語法，只是「條件」句，如我的翻譯，即使由它帶領的是一如原英詩的不可能的世界，由於它沒有像英語假設語氣中的動詞變化以作標識（用 had we but），跟指陳語態（indicative mood）或條件語態（conditional mood）區別開來；筆者認為，在筆者的翻譯裏，不過是條件語態，讀者的心態反應裏終究不一樣，仍然不是英語的「subjunctive mood」帶來的反應，沒法開放出如前面所說的沒有關死的游離

空間。如俄國記號學家洛德曼（Jurij Lotman）所言，記號系統是一個規範系統，經由它，人類把世界規範，並以此來認知，感受它，並反過來規範自己的主體，而語言是所有記號系統中最攸關重要者。語言系統中的「語態」，筆者認為，最攸關著語言使用者心態的結構與反應。法文在時態上有所謂「歷史現在式」（historical present tense），雖說是時態，實也有語態的性質。「歷史現在式」使用現在時態敘述歷史或過去發生的事，而不用慣常的過去式或過去完成式，使過去的事境有如活在眼前，故稱為「歷史現在式」；現代英語也漸漸用在小說的敘述上，即用現在時態而非過去時態，以求其如在目前的感覺。從這個角度看，我們也不妨謂漢語的表態句，尤其是用在古典詩歌裏，如上引王維詩，謂其開拓出一種語態（最少是詩的語態），表達了宇宙的實景，超越時空（表態句沒有動詞，更沒有英語動詞的時態變化），可稱之為「宇宙語態」（不妨英譯為 universal mood）。當然，這植根於漢語特性並在古典漢詩發揮得淋漓盡致的「宇宙語態」，也是漢語規範功能的表現，切入漢人微妙的心態。

綜合言之，中英語言隸屬不同的語系，一為孤立語，一為字母語，無論在語音，語法，語意層面，皆有相當大的差異，互為翻譯的挑戰自然相當的高。然而，兩語言的類似性，就猶如世界上任何語言間的關係，遠大於其差異性，故中英兩語言間的可譯性，除卻一些精微的不可譯性外，殆無疑義。

6.2　翻譯工具應用

字典一般以後出者為精。不過現在因為著作權法的關係，別

人的書寫不可隨便引用，否則就是剽竊觸法，後人編寫字典時就不得不另起爐灶。然而，新的解釋不一定比原來要好。故字典使用上，我們不妨先參考先前的字典，取其精華，而用後出版的字典彌補其不足。

對於字典的選擇，應視所譯作品之種類來決定。翻譯各類不同作品的時候，使用的字典也會有所不同，如翻譯學術性較高的文本時，對字義的解釋要求也比較嚴謹，就需要使用詳細紀錄字義變化的大字典。同時，英美語言也有一些差別，若是翻譯英國作品，最好參考英國出版的字典；翻譯美國作品，就參考美國出版的字典。如此，字典對於字義的解釋才有道地、恰當的適用性。

由於網路的發展，網路上提供了很多免費使用的字典，尚包含同義詞反義詞，目前最方便的網站，也許要推 Dictionary.com 了。

以下來介紹一些不同的字典：

1. 中文字典部分

何家駱編《中文大字典》，收字及解釋最為豐富，屬於參考性質的工具書。傳統的字典當推《辭源》與《辭海》，對字詞在歷史上的使用與流變，有很好的印證。此外，許慎《說文解字》，也很有參考價值，特別是字源上與原義上的問題。今日的中文字典，種類繁多，不作介紹了。

2. 英文字典部分

學術上常用的英英字典很多，諸如 *The Random House Dictionary of the English Language – The Unabridged Edition*、*The Merriam-Webster Dictionary*、*The Oxford Dictionary of English*、*The Oxford American dictionary*、*The Longman Dictionary of Contemporary English* 等。（按：上述出版社出版有綜合的網上字典 dictionaries online）

Cambridge Advanced Learner's Dictionary。這字典最適合以英語作為第二外語的使用者，他的解釋非常清晰易懂，例句也很好。書末還附有英語基本句型。同時，該書有雙解本，中文翻譯出自學界，錯誤極少。這書的缺點，是收字少了些，仍可作為翻譯者優先參考。

Longman 版的 *Dictionary of English Language and Culture*，字詞解釋上注重文化的面向，如翻譯上與文化牽涉，則特別值得參考。

各種版本的 Thesaurus（同義與反義辭典），各有得失，有時需要多方參考。

3. 百科全書部分

通用性的百科全書，翻譯時往往也要參考。其中以《大英百科全書》（*Encyclopedia Britannica*），《美國百科全書》（*Encyclopedia America*），《科里爾百科全書》（*Collier's Encyclopedia*）為其佼佼者，世稱百科全書的 ABC。

不同領域的專業字典（物理、醫學、文學、新聞等），遇到專

業文本時，也需參考。如 Princeton University 出版的 *Encyclopedia of Poetry & Poetics*，為文學的專業百科全書。如為社會科學，我會特別推薦 David L. Sills and Robert K. Merton 編的 *International Encyclopedia of Social Sciences* 了，真是一本有價值的好書。

4. 翻譯小錦囊

　　在中英翻譯的時候，譯者必備多種字典：中英雙解字典、英中字典、中英字典、英英字典、中中字典等。世界上少有語言是完全對等的，各種上下文脈絡下，其解釋亦不同，遇到棘手不好翻譯之字詞時，可從中中、中英、英中、英英等多種字典中反復對照，尋找靈感，創造出最恰當，最美好的翻譯。翻譯的前提，是對原文的了解，除了字典外，我想提出一個有用的方法。就單詞與片語層面而言，我們不妨在網路上鍵入這單詞片語搜尋，這時網上就會出現該英文／中文的單詞片語，我們即可從其上下文中出了解其含義。

　　在此順便提供一個中英經驗的經驗之談。要翻譯一篇文章時，最好在網上找出幾篇同類性質的中文與英文的文章作為動筆時的前置作業，從其中學習中英參考文本中的字彙，句法，與文字風格。

5. 音譯部分

　　音譯是一種必要之惡。如果某個詞，在文化裏有特定的定義，翻譯時找不到對稱，相類似的字，我們就會採用音譯。由於文化背景之不同，與追求忠於作者原意之故，適當使用跡近原音的「音譯」，較勉強意譯來得恰當，這也就是玄奘五不譯中之

一，如涅盤、般若等佛語即為音譯。

　　中文音譯系統，臺灣學界最常使用的為威妥瑪拼音（Wade-Gales System），另外還有漢語拼音（Pin-yin）等。另外還有此間教育部公布的通用拼音系統，可以參考教育部的網站。同時，各種中文音譯系統，包括我們慣用的ㄅㄆㄇㄈ注音符號，網上不難找到相互的對照表。

中篇
當代西方篇

第七講　當代西方翻譯理論簡述

7.1　小引

　　當代西方翻譯理論的開創人物，當推尼達（Eugene Nida），他可謂是以語言學為基礎的首位大師。雅克慎（Roman Jakobson）自成一家，開創頗多。他的翻譯理論以記號學為基礎，超越語言而及於其他記號系統，與語言學派有所區隔，而理論之系統性及廣延性，尤為優勝。語言學以外的大師，創意深刻、影響特為深遠者，當推班雅民（Walter Benjamin）。晚近的理論建樹，當然是荷姆斯（James S. Holmes）等學者所提倡的跨學科的「翻譯研究」（Translation Studies），以及繼此勒菲弗爾（Andre Lefevere）與巴斯奈特（Susan Bassnett）提出的「文化研究」（Cultural Studies）與「翻譯研究」的互為轉向了。對此晚近的翻譯理論朝向，我們另闢一章節論述之。事實上，翻譯理論已是當時的顯學。

　　在本章引言裏，筆者願就所接觸所及，提一下有集大成性質，並有所開創的兩本著作。一為紐馬克（Peter Newmark）的《翻譯學的諸朝向》（*Approaches to Translation*, 1981），一為哈提姆與蒙代（Basil Hatim and Jeremy Munday）二人編著的《翻譯：進階資源書》（*Translation: An Advanced Resource Book*,

2004），從此或亦可略窺翻譯理論之流變。

其初，紐馬克的專著《翻譯學的諸朝向》（*Approaches to Translation*, 1981），所涉豐富，視野廣延，集眾家之言，可說是較早的集大成之作。他提出的「交流式的翻譯」（Communicative Translation）與「語意式的翻譯」（Semantic Translation）之對立，並視之為得意之概念（頁 39）。然而，此二元對立幾跡近尼達的「效能上的對等」（dynamic equivalence）和「形式上的對等」（formal equivalence），只是在其交流模式裏，加入了資訊交流的理念，而在其語意模式裏，加入了上下脈絡（contextual）的原素，較為周延，此亦可見前述雅克慎資訊交流模式的影響。此外，他對一些翻譯概念，歸納前人見解，作出周延而深刻的陳述，如他對翻譯上不可避免的基本流失（basic loss）的論述即是。他說，這基本流失，擺蕩於過度翻譯（overtranslation）與低度翻譯（undertranslation）之間，前者添了枝葉，後者流於簡略。其起因有四端，一是若原文本某些地方專屬於當地的自然環境與風俗文化，則翻譯為目標語時，只能大致傳達。二是由於兩個語言結構不同，在辭彙及句法上之差異所致。三是源頭文本作者與目標文本譯者的用語的習慣與癖性有所差異所致。四是原文作者與譯者在文論上與價值觀的差異之故，形成了詮釋上的差異，如文本中是象徵還是寫實，某些局部輕重衡量不同，對某些事物所作價值評估不同等，更遑論原文本中的晦澀及不足之處，以及譯者的能力侷限了。[1]

---

[1]　Peter Newmark, *Approaches to Translation* (Oxford: Pergamen, 1981), pp.7-8.

　　哈提姆與蒙代合著的《翻譯：進階資源書》一書，雖定位為資料用書，但事實上是把居前的基於語言學的翻譯理念與策略，以簡明的方式整理、消化後，用於教學的課本；此為書中第一（低階）與第二（高階）部分，而第三部分則是經典的翻譯論文的節錄。隨手說說，我特別感到有意思是書中對羅琳（J. K. Rowling）寫的《哈利波特》（*Harry Potter*）的英文原版與美國版的比較，兩者的書名居然不一樣！原來英文版的 *Harry Potter and the Philosopher's Stone* 卻變成了 *Harry Potter and the Sorcerer's Stone*；而英國風的球類與食物，如 biscuits，football，Mummy，rounders，the sweets sherbet lemons 則變成了美國風的 cookies，soccer，Mommy，baseball，lemon drops（頁4-5）。這看出英語與美語的文化產別，而因讀者之故，英美版居然也涉及翻譯之本土化！此外，該書沿著荷姆斯（James Holmes）所倡導的翻譯研究的新視野，製作了相當完整的跨學科翻譯領域的示意圖（頁 8），殊有參照價值。

7.2　當代語言學派翻譯奠基人尼達（E. A. Nida）

　　首說尼達。其《朝向翻譯科學的建立》（*Towards a Science of Translating*）為當代翻譯理論奠基之作，影響深遠。現就其理論的重要局部作講解與發揮。

其一　翻譯上的對等原理

其理論建立在「呼應或對等原理」（Principle of

Correspondence or Equivalence）上，是指在翻譯上尋求「目標語」（target language）與「源頭語」（source language）相呼應或對等。在此理論架構下，分為「形式上的對等」（formal equivalence）與「效能上的對等」（dynamic equivalence；也不妨譯作語效對等，語能對等，或動力對等），前者著重語法等層面的形式對等，後者著重閱讀時反應效果上的互通。這呼應或對等，亦可擴展為翻譯者與原作者相呼應，翻譯者與讀者相呼應，翻譯者與潮流相呼應等。

「形式對等」的經營，包含文法單元一致，遣詞用字一致，以及語意一致等；其中包括要求名詞對名詞，動詞對動詞等辭性層面的對等，要求片語與句型不變，甚至保有原文各項形式的指標，如標點符號等（頁 165）。「效能上的對等」的經營，是要達到「與源頭語最為自然對等」的翻譯，有如「雙語雙文化的人宣稱，我們就是這樣說的」那麼自然，而其經營有三個主要指標，即對「源頭語」而言是對等互通，對目標語而言是流暢自然，對兩者而言是獲致最大的逼近（頁 166）。

尼達同時指出，「目標語」與「源頭語」之間，不可能有絕對的對等，故翻譯求其逼近而已。他說，「語言之間不可能有絕對的呼應對等，此為理之當然。因此，沒有全然準確的翻譯。翻譯的整體效果或能跡近原著，但細節上卻無法完全相同」（頁 156）。

誠然，世界上沒有絕對相同或對等的東西，其中一定有所差異。故「目標語」與「源頭語」之間沒有絕對的「對等」，因而也沒有所謂的絕對準確的翻譯。想想，在地球上的你（受到地心引力、山川人文等的影響）與在月球上的你（地心吸力只有地球

的 1/6，而環境荒涼，坑洞處處）是不一樣的；同樣的東西移到不一樣的周遭，就會產生改變。故要求翻譯有完全的對等與準確是先天的錯誤。就尼達的理論架構推而論之，在實際的翻譯上，我們可以在「形式對等」與「效能對等」兩層面上，經營更多的激盪與效應，並同時使兩「文本」間更為逼近。如果加上美學視野，加上中國元素，即是形式以外，效應以外，更須達到神韻，如此而已。最後，翻譯不可避免帶有譯者的詮釋（interpretation），或者在已有各詮釋間有所抉擇。故任何翻譯皆會牽涉到譯者本人在很多層面上的取捨，此譯者「中介」之角色，我們不得不慎知。

其二　決定翻譯取向的三大要素

在尼達的理論架構裏，緊接著對等原理的，就是決定翻譯取向的三大要素，即文本類型、目的、與讀者類型。

他說，「翻譯作品的差異往往源於下面三個基本因素。一為話語（message）的性質；二為原作者，進而為翻譯者所要達到的目的；三為讀者類型。」（頁 156）事實上，這三者往往互有關連，三位一體，我們甚至可稱之為翻譯上最基本的類型學，其重要性可想而知。

先就易於下手的譯者的翻譯目的而申論。請以我國近代典範例子為說。嚴復翻譯深奧的西方哲學時，用意將西方的學術注入中國的封建社會，以求中國文化之更新與復興。其讀者設定為知識界，即知識分子或年輕求知者，故其翻譯之重點為傳達之內涵，故信達雅三者為其翻譯之指標。又如，五四時代陳望道等翻譯馬克思（Karl Marx）"The Communists Manifesto" 為〈共產黨

宣言〉，把「Communism」翻譯為「共產主義」，目的是為了宣揚共產主義，也是個典型的意譯。[2]「Communism」，無論為德語，法語，或英語，其字根源於拉丁語「*communis*」，意含普遍性與通則性，故 communism 之字義，指涉具有共同理念的「社群」，並以此共同理念為普遍的至理。然而，翻譯者將其譯為「共產主義」是挑選該馬克思宣言中的一個理念，略加推衍，目的在於發揚其中土地財產共有共享的理念，以吸引民眾加入共產革命行列。〈共產黨宣言〉的受話人或接受者，雖為知識界與革命分子，但其針對的對象，則是貧窮的工農階級，在中國更是如此；譯為「共產主義」，傳達財產共享以拉近貧富差距，正好是投其所好。故從譯者在用詞方面上的選擇，可看出原著的特質、翻譯者的目標、與譯者心目中讀者類型，有以致之。此外，原文實為〈共產主義者們宣言〉，譯為〈共產黨宣言〉，把「共產主義者們」改為「共產黨」並不恰當，如用意譯，就宣言內容的普遍性而言，譯為〈共產主義宣言〉更得其真。

　　現在就三基本要素做進一步申論。在「話語的本質」這一層面上，可得而論者有二。一為形式（form）與內容（content）的對立。有些作品著重於「內容」而有些作品著重在「形式」。一般說來，「哲學」這一文類，偏重內容，而文學類，在形式上的分量有所加重，而詩歌、謎語等，內容與形式卻是最為緊密連在一起。然而，我們仔細觀察，雖說有內容與形式之分，即使在哲學書寫上，兩者也不能完全分離。柏拉圖、尼采、德希達等哲學

2　當時的翻譯，受到日文學界的影響，繼承了日文的用語。日本知識界作如此的翻譯，也應有著其推廣的用意。陳譯與日文版的關係，參 http://www.cuhk.edu.hk/ics/21c/media/articles/c093-200511103.pdf。

大家，其書寫（表達）形式，與其哲學內涵，還是有著血肉相連的關係。換言之，內容不可能完全從形式中抽離出來，而形式也離不開內容；故內容與形式在很多時候是合一的。其二，詩和文的分別。詩歌通常注重形式，但不是犧牲內容，而是此種內容要在某種形式下完成。舉例來說，中國有樂府、古詩、律詩、絕句等，而最精妙的詩或其局部，往往是其形式與內容最緊密而不可分割者。翻譯詩歌時，若一定要犧牲某部分，那就是形式或形式的局部（尤其是韻腳）。然而，把抒情詩翻成散文，不是一個真正的對等（equivalence）。這樣的翻譯，雖說可保留理念、景物，甚至視聽上的內容，但情緒上的濃度、詩的神韻都已不具。這就是為何大部分的翻譯理論討論的都是詩歌的翻譯，因詩歌翻譯最難，蓋詩乃是文學的精華所在，正是形式與內容不可分的時刻，正是「形式上的對等」（formal equivalence）最不可得的時候。最後，尼達認為把荷馬史詩譯成英詩，對他來說是既陳舊又古怪，因為已經失去原作活潑的、自然的、即興的風格云云（頁157）。我對尼達此說有所保留，詩文究竟是不同體，而自從現代詩興盛以來，我們已經理解到詩不見得要有押韻或音步的要求。我在這方面的看法是，當我們翻譯荷馬史詩為英文或中文時，我們在放棄其首韻及音步之餘，可在語音、語詞、語法及其他更高的表達層面上，作對等的形式經營，以彌補原有古典格律的犧牲。這樣，在出色的翻譯者手中，尼達所領會到荷馬史詩原著中活潑的、自然的、即興的風格，仍可在譯作裏重現。

　　詩是文學的精華，若是能夠翻譯詩，則任何文學文本皆可翻譯。能讀懂詩，則任何文學作品也皆能讀懂。

　　接著，對翻譯的目標（purpose）的進一步申論。

　　翻譯者的不同選擇（譬如說，選擇直譯或意譯，偏重形式或內容），往往視翻譯者的目的而定，不一定視作品的類屬而定。例如，如果要把西方的文學作品，文學技巧引進並成為本國文化的營養的話，就要求很精細的翻譯，兼顧形式與內容。如果翻譯者認為文化本來就是可以改變的，不必過於忠實原文，那麼就可以把翻譯的作品本土化，以讀者為依歸，甚至做一些創意的改變。相反地，如果譯者認為文化是無法快速本土化的，而是應該慢慢被消化，那麼就得盡量原封不動地翻譯過來，讓它在時間的長河裏發酵。事實上，在實際的翻譯裏，往往是綜合的考量。佛經的翻譯，當然以信為主，進而求其雅達。原則上，佛教的本土化，應是一個緩慢的吸收過程，但在佛經翻譯上，我們卻看到立即的創意的本土化，很多用詞，很多表達，很多翻譯上不可避免的詮釋，都與本土的儒家與道家有淵源，換言之，翻譯之初，即含有相當的本土化，這是因為作為目標語的中國，已有高度發展的文化，而這文化又與原文所含有的文化，有所契合之故。故佛經的中譯是一個很有趣的現象，這與同為宗教典籍的《新約》與《舊約》，其翻譯適逢正為歐洲興起的國別文化及國別語之際，可謂大相逕庭。故翻譯不但視譯者的不同目的、不同的理念，而作不同之選擇與變化，而事實上更與其所在文化與語言場域有關，尼達對此之認知，似尚有不及。

　　接著是對讀者類型的申論。尼達提出與此有關的兩個層面，一為讀者對原著的「解碼」（decoding）能力，一為讀者閱讀的興趣（interest）所在。在語言學中，「code」意指「語碼」及「語規」；「de-」則為「解開」。因此「decoding」意謂：作者將欲表達的想法、情緒放在「語碼」及「語規」裏，也即放在語

言文字裏，而讀者則將其解開，以發現其內涵。但「解碼」的能力則因人而異。尼達說，「解碼」能力可以分成幾個層級。1、兒童層級。在字彙及文化層面皆有所侷限。2、次文盲層級。聽說良好，但「文本」閱讀則有所侷限。3、一般讀者層級。在一般聽說讀寫上都能應付自如。4、專業層級。能對屬於他們的專門領域有極佳的閱讀能力，如醫生、科學家、哲學家等。（頁158）尼達的分等，在今天還有一定的參考價值。當然，譯者預設的讀者的語言能力，對其翻譯的各種選擇，有所影響。然而，這四層次的區分，只是粗略的；每一層級內仍有很大的差異空間，而翻譯者的認知與取向，在實際翻譯裏，占有相當的重要性，此在兒童文學的翻譯上，尤為突出。

　　至於讀者的興趣所在，尼達舉起大者說，讀者所要是樂趣，還是知識的獲致（頁 158）。當然，讀者的興趣所在，或非這兩大類所能統攝，而在這娛樂與知識兩極之間，也有很大的差異空間。譯者會自覺或不自覺地有所認知與判斷，這會影響到他的選擇以及兩者的比重。嚴復在西方文哲翻譯上，采取雅言，即古文而非當時口語，與文本的性質及嚴復心目中的讀者類型，不無關係。

　　在晚近的「讀者反應理論」（reader-response criticism）裏，對讀者類型有更宏觀的觀點。圍繞著讀者與語碼解讀的關係，假設了各種類屬：如模範讀者（model reader），其依書篇理論與策略以建構書篇的意涵與結構的讀者，此處模範一詞是用其原義，為模子之意；理想讀者（ideal reader），其所用語碼與作者有若一致，對「文本」之解讀完全；幹練讀者（competent reader），其能掌握作者「文本」中的語碼，文本解讀無礙；內

建讀者（inscribed reader），指作者心中存有並已書寫於「文本」中的讀者；內涵讀者（implied reader），此為讀者依「文本」而推衍出來的內涵於「文本」中的讀者；（注意：上述諸類型皆為理論上之假設），以及實際閱讀著某書篇的個別的實際讀者（actual reader）等，不一而足。當然，就實際的經驗來說，我們也不妨假設更多的讀者類型，如主觀讀者、客觀讀者、糟糕讀者等。這些對讀者類型的假設，無論在作者寫作時或譯者在翻譯時，在意識所及的範圍裏，在雙邊資訊交流中，都提供有用的參考。同時，讀者反應理論，尤其是建立在記號學視野上的理論，更觸及「文本」建構與解讀的程序的各種機制[3]，翻譯者對讀者類型及「文本」建構與結構機制的認知與掌握，當亦有助其翻譯之進行。

其三　翻譯定位之兩極

尼達理論架構裏，其第三局部，乃是翻譯定位之兩極；其一為偏重內容，還是偏重形式，其二為取向於目前一般所謂的「意譯」（free or paraphrastic translation），還是取向於目前一般所謂的「直譯」（close or literal translation）。尼達謂，這兩層面（內容與形式，意譯與直譯）關係密切，但並不相等（尼達，頁22）。簡言之，就後者而言，翻譯擺盪在相對立的兩極之間，一是自由的（free）、任性的（liberal），甚至是以相近語言重述的（paraphrastic），可通稱為「意譯」的朝向。另一邊是逼近原

---

[3]　上述讀者反應理論，主參 Umberto Eco, *The Role of the Reader* (Bloomington: Indiana UP, 1979); Suleiman-Crosman, eds., *The Reader in the Text* (New Jersey: Princeton UP, 1980).

文的（close）、字面或逐字以忠於原文的（literal），可通稱為「直譯」的朝向。前者傾向嚴復的「達」，後者傾向嚴復的「信」。當然，在實際的翻譯裏，往往落在兩極之間，而事實上兩極間的幅員很大，也就解釋了翻譯的多樣與差異。尼達在前面《聖經》翻譯以及西方翻譯論述的兩小節裏，都圍繞著內容與形式，意譯與直譯的兩極問題而展開。

最後，尼達提出目標語與源頭語在文化與語言層面上差距大小與翻譯的關係，也就是獲致原作與譯作間「對等」的程度與難易問題。他指出，如果在文化及語言兩個層面都密切的話，翻譯起來當然較為得心應手，差異大，翻譯要付出的心血就多了。如果文化相近，而語言不同，翻譯時形式上的處理就得增強了。有趣的是，若兩個語言關係密切，也就是所謂近親語言，擁有一些相近的字詞，就得小心了。他舉例說，英文的 demand 與法文的 *demander*，英文的 ignore 與西班牙語的 *ignorer*，英文的 virtue 與拉丁文的 *virtus*，英文的 deacon 與希臘文的 *diakonos*，字詞樣子相近，意義卻並不相同。這些語言上的假朋友（false friends），往往會被他們表面上的雷同，誤導了我們。這種情形，我們臺灣的讀者會指出，在中日語裏也常出現，故中日翻譯上也得注意這些陷阱。

誠然，歐洲各語言間互相翻譯，其困難度較少於其翻譯為中文等東方語言，蓋其共享歐洲文化及許多相近的語法、表達方法、同源的詞彙等，但也得防範這些近親語言上往往有的所謂假朋友的陷阱。

7.3　記號學翻譯視野開拓者
雅克慎（Roman Jakobson）

　　雅克慎是國際上享有盛名的語言學家、記號學家，其美學上的淵源則為俄國「形式主義」（Russian Formalism）。以此深厚的學養，其在翻譯上的發言，深刻而影響深遠。現在擇要或略述或推衍之。

其一　記號學視野的翻譯三範疇及差異的對等

　　在他唯一的翻譯論述〈翻譯的語言學層面〉（"On Linguistic Aspects of Translation," 1959；今見其 *Langage in Literature*, 1987）裏，雅克慎從記號學廣延的視野，把「翻譯」界定為以下三種類型，其原文中譯如下：

> 1.同一語言系統內的翻譯（intralingual translation）或語言重組（rewording）。這是同一語言內進行的翻譯行為，即用同一語言中的其他語言記號來解釋原有要翻譯的語言記號。
> 2.不同語言系統間的翻譯（interlingual translation）或所謂正規的翻譯（translation proper）。這是指兩個不同的國別語間的語言記號翻譯。我們一般所說的翻譯即屬於此範疇。
> 3.不同記號系統間的翻譯（intersemiotic translation）或轉換（transmutation）。這是指用「非語言記號系統」（non-verbal sign system）的記號，來翻譯「語言記號系

統」（verbal signs）的記號的行為。[4]

雅克慎的分類，在目前我們注重媒體與文化翻譯的時代，顯得特有價值。這個定義包含很廣，擴大起來，任何的東西，像是媒體之間的翻譯、食品與餐飲的地方性轉化等，皆可納入其中。

　　同時，他提出「差異中的對等」（"equivalence in difference"）的概念，以描述翻譯中的實況。就尼達的架構來說，雅克慎所論述與遵循的是「形式對等」，但他指出翻譯中的兩個語言系統，不是「相等」，只是「差異中的對等」，而所謂翻譯上的「形式對等」，只能是從兩個差異的語言系統（源頭語與目標語）裏，從其差異中找尋對等的語言成分，包括語音、字詞、語法等層面。在其篇幅不長的論文裏，在字詞的層面上，舉了很多有趣的例子。如英文的 cheese（乳酪）一詞，不等同於俄文的 *syr* 一詞，因為 *syr* 是指發酵的，而英文的 cottage cheese（cheese 的一種）是不發酵的，不能稱為 *syr*（頁 430）。然而，雅克慎強調，翻譯者總是可以經由不同的處理而完成任務，如用片語來翻譯單詞等變通方法。

　　順著這「差異中的對等」視野，他提出一個訴求，那就是從事分辨性的雙語字典（differential bilingual dictionaries）與分辨性的雙語文法（differential bilingual grammars）的研究與編纂。目前為止，中英文這方面的東西很少，幾乎是還沒有這種東西出來。這是我們從事翻譯方面的人要努力的方向。這是很有價值的

---

[4]　Roman Jakobson, *Language in Literature* (Cambridge,Mass.: Belknap Press of Harvard UP, 1987), p.429.

實踐空間，還有待我們去挖掘發展。

其二　雅克慎的結構記號學對翻譯的啟發

雅克慎的「結構記號學」（structural semiotics）最基本的概念就是「選擇」（selection）與「組合」（combination）。任何的文本（話語）都是從我們的語言庫裏面選擇一些字，然後組合起來。擴充言之，即「組合」的方式會依照文法、邏輯、指涉範疇來組合。然而，組合方法林林總總。以我們的例子來說，詩的組合方法，散文的組合方法；漢朝語言的組合方法，白話文的組合方法；梁實秋的散文風格，徐志摩的散文風格，都不一樣；歸根究底，也就是選擇與組合上的不同。事實上，組合不僅僅依照文法、邏輯、指涉範疇組合，而是包括過去已有的、所有的語言所用過的不同組合方式，我們從其中來選擇其組合方式，去建構我們的話語或文本。事實上，「選擇」與「組合」可說是風格學（stylistics）的基礎所在，也就是探討與比較個別作家的語言風格的一個門徑。就翻譯上的「形式對等」而言，就是在兩個語言系統間，在其「差異中的對等」裏，找尋最接近的選擇與組合方式配合起來。另一源於二軸說的基本分類，就是類同（similarity）與毗連（contiguity），並據此二元對立的視野，論述失語症、魔法、文學風潮、文本類屬，甚至比較藝術上等課題。雅克慎的「結構記號學」非常豐富，很多地方可以作翻譯上的參照，而〈語言二軸與失語症二型〉（"Two Aspects of Language and Two Types of Aphascic Disturbances," 1956；今見其 *Languagein Literature*, 1987）一文，可說是其學說的濃縮版，因此，筆者把全文翻譯出來，作為本書的附錄，以供參考，並作詳

細的引介，這裏就不再細述了。

其三　資訊交流模式的啟發與應用

雅克慎在〈語言學與美學〉（ "Linguistics and Poetics,"
1958；今見其 *Language in Literature*, 1987）一文，提出六面六
功能的資訊交流模式。他指出任何語言行為的成立，有賴於六個
面的通體合作，此六面即為：說話人、話語、受話人（話語的對
象）、指涉的範疇、接觸、及語規。每一面有獨特的功能，在各
種的話語裏，可由於這六個功能（即為：抒情功能、詩功能、感
染功能、指涉功能、線路功能、及後設語功能）在其建立的階級
梯次裏的諸種安排，而成為不同類型的話語，如詩歌即為回溯於
話語本身，並以詩歌功能作為主導的文學類屬。過去一般的語言
理論只提到話語及話語的兩個雙邊，也就是說話人與受話人。但
是這之間有什麼因素影響他們兩者之間的交流呢？雅克慎指陳出
資訊交流中隱含的另外三個面，也就是指涉範疇、接觸、及語
規，並論證了各面向相對的功能，提供我們一個更全面的資訊交
流模式，而這模式已經從傳統語言學擴展為記號學模式了。這個
模式原本是指面對面交流的模式，但亦可挪用到「說話人」與
「受話人」都隱藏了的「文本」上。筆者曾對這模式加以挪用與
發揮，指出「文本」裏都隱含著作者及預設的讀者，而其他面向
與功能，亦實含攝於「文本」中，可經由「文本」分析而得知。[5]
從話語到文本，這個模式都有豐富的參考價值，也同時可以進一

---

[5]　請參拙著〈從雅克慎底語言行為模式以建立話本小說的記號系統──兼
讀碾玉觀音〉，《記號詩學》，頁 231-286。

步挪用到翻譯學去。

　　讓我們先把其六面及其相對六功能模式圖示如下，以便進一步的詮釋：

指涉（指涉功能）

說話人（抒情功能）　話語（詩功能）　　受話人（感染功能）

接觸（線路功能）

語規（後設語功能）（頁 66 及頁 71）

　　資訊交流模式的主軸是話語及其交流的**雙邊**，換為翻譯模式，左邊的「說話人」，就是「源頭語」，右邊的「受話人」，就是「目標語」，而「話語」就是要翻譯的「文本」。就整個模式而言，就是翻譯時要注意到「文本」的六面與其相對六功能，在兩個語言系統裏處理其對等的表達。當然，這語言間的翻譯（如中翻英）也可擴大至雅克慎前面所界定的記號系統間的翻譯（如書寫文本轉換為影像文本等）。

　　下面是筆者對此資訊交流模式轉化為翻譯模式的六面與六功能的逐一闡發。

1. 話語（message）及詩功能

　　語言學概用「message」一詞，以指稱「說話人」與「受話人」交流的「話語」或「書寫」。雅克慎最大的發明，是指證「話語」或「文本」的成立，必然含有此六面及其相對的六功

能，但個別的「話語」可強調其中的一面，發揮該面的功能，而顯出該「話語」的特質與類屬。我們現在從「話語」移為「文本」，這就衍生為文類（文本類屬）的問題了，也就是把「文本」的六面及其六功能作為文類歸屬的指標。誠如尼達所言，「話語」或「文本」類型是決定翻譯取向的首要要素。我們會看「源頭語」的「文本」的六面架構是什麼樣子，再依照目標語的語言規範，而有所選擇與組合，從差異中經營其對等，甚至創意地在形式上作出各種安排。

從傳統語言學的角度而言，話語或書寫文本，內含語音、語彙、語法等基本層面，而在記號學視野，則擴大至敘述結構、表現手法等。翻譯時，我們要在這些層面上，在兩個差異的語言系統裏，去尋找其最好的「對等」。以詞彙層為例，相對於西文的「work」、「text」等詞彙，中文的對等語，如「書篇」、「書籍」、「作品」、「文本」等詞彙，翻譯時要如何選擇？統一使用，還是依上下文而隨機變化？

在雅克慎的模式裏，當「文本」的關注回溯到「文本」本身，回溯到其在形式上的安排，即為「文本」所含攝的「詩功能」所在，也就是其藝術性所在。「詩功能者，乃是選擇軸上的對等原理（principle of equivalence）加諸於組合軸上，對等於是被提升為組合語串的構成法則。」（頁 71）雅克慎更指出，這回溯於話語本身，這對等原理提升為語串組合法則，必然使話語產生某種模棱性（ambiguity），並謂此為「任何專注自身的話語底內在的，不可異化的本質，也就是詩歌專屬的特色」。較為具體而言，「類同」從上加置於「毗鄰」的結果，「帶來了詩歌通體象徵的、複合的、眾義的本質。」，而「任一旁喻（按：建

立在毗鄰原則上）都帶上隱喻（按：建立在類同原則上）性格，而任一隱喻都有著旁喻的色彩。」（頁85）

雅克慎的詩功能或對等原理，是一個綜合性的辭彙，表現於語言或記號系統各個方面上，繁富而兼容並蓄。就形式與語意而言，形式上之對等需連接到語意上，以演出語意上的平行與對照。其謂：「在詩裏，在語言層次裏任何特出的相類似，得連接到語意上的相類或相異來評估」（頁83）。同時，在詩歌裏，無論在語音、文法、語意等層次上，語串裏的各單位都傾向於「對等」的建立；簡言之，可稱之為「平行主義」（parallelism）。他說：「在詩歌裏，每一音節與語串中的任一音節對等化起來。重音與重音對等，輕音與輕音對等；長音與長音相配，短音與短音相配；字底界限與字底界限相對；沒界限與沒界限相對；語法上的停頓與語法上的停頓對等，不停頓與不停頓對等」（頁71）。最富啟發性的也許是在文法上藉「對等原理」而形成的所謂「文法的喻況」（grammatical tropes or figures）。所謂「文法的喻況」乃是文法上的對等的經營，連結於語意上，兩者產生了內在的關聯，有如喻況語言。雅克慎指出，許多詩篇既沒有意象，也沒有由語彙構成的喻況語言，但這種詩篇往往卻為其豐富的「文法的喻況」所平衡。雅克慎稱之為「文法的詩歌」（poetry of grammar），而這些詩歌所提供者乃「詩歌的文法」（grammar of poetry）。[6]這是一個重大的發現，豐富了我們對詩篇的了解。最後，無論是美學上的俄國形式主

---

6 詳參其 "Poetry of Grammar and Grammar of Poetry," *Language in Literature*, pp.121-144.

義，或雅克慎翻譯學上的形式對等，並非只講形式，而是形式必須連接到內容與語意上，說從形式入手，用意在提供文本閱讀上或翻譯上一個方便的法門。

在本節開頭提到的雅克慎論述翻譯的專文裏的結尾，他重述了詩功能及其對等原理的主要內涵，並謂作為詩功能最為主導的詩歌，本質上是不可翻譯的。然而，他接著說，「只有創造性的轉化（transposition）才成為可能。無論是語言內的轉化，從原詩形式轉化到另一詩形式；或者語言間的轉化，從一語言到另一語言；或者記號系統間的轉化，從一記號系統到另一記號系統，如把語言藝術轉化為音樂、舞蹈、電影、與繪畫，皆如此」（頁434）。我們得注意，雅克慎明言，詩功能不等於詩歌，只是在詩歌裏成為主導而已。推而論之，語言藝術以外的各種藝術，也是如此。

總結而說，雅克慎的話語或文本的回溯於本身，其詩功能，其模稜性，其帶來的創造性的轉化，已把我們帶入翻譯美學的思考。當然，這美學視野是源自俄國形式主義，並加入了美國新批評的理念，以及記號學的含義。誠然，翻譯的美學層面，必然是創意的，是一種再造的工程。

2. 指涉範疇（context）與指涉功能（referential function）

「文本」（或「話語」）隱含的第一個面向就是「指涉範疇」，是界定「文本」中「指涉」的一個周邊，使到其「指涉」得以明確界定，而所謂「指涉功能」是指「文本」所指涉的現實或想像的世界，也就是我們一般所說的「內容」。就這個層面而

言，翻譯就是怎麼把「文本」的內容，從左邊的「源頭語」轉移到右邊的「目標語」去。從文化層面來講，就中英對譯而言，在這麼龐大的中國文化與英國文化兩場域裏，翻譯就是要去找尋兩者中差異中的對等。當然，我們只能找到比較接近的對等而已，即使看來是同樣的東西，在不同的文化場域裏的位置仍是不一樣的，因其所在的指涉範疇不同，其指涉也有所差異。

　　例如，西方的鬼怪和中國的鬼怪就不一樣，西方的奇幻小說與鬼怪小說裏的魔怪和中國《聊齋志異》裏面的狐仙、《白蛇傳》的蛇精，表現出來就是有差異，無法畫上等號。即使是普遍性的概念，如「民主」、「科技」等，其含義也會隨著時代改變，而轉換到不同文化、不同國家的指涉範疇裏，也產生不相等的意涵。

3. 接觸（contact）與線路功能（phatic function）

　　「接觸」與「線路功能」原指「說話人」與「受話人」間有所接觸，線路暢通，才能有效地確保雙邊的資訊交流。今換作「文本」，則是指「讀者」與「文本」在這個層面上的聯繫。中國章回小說裏的「聽眾諸君，欲知後事如何，且聽下回分解」，可說是最典型的「接觸」與「線路功能」的安排，而事實上「文本」裏這面向也是多彩多姿。翻譯者必須在其譯作裏關注原作這個層面，並予以譯出，這也是對原文的忠實。

　　此外，翻譯者將一個東西翻譯成另一個東西的時候，會顧慮到讀者對內容有沒有興趣？能不能了解？還得嘗試讓讀者保持注意力。如果沒有「接觸」與「線路功能」這個面向，不能抓住讀者的興趣，讀者不專心或不想看，話語或文本也不產生作用。同

樣的現象出現在譯者與讀者之間。翻譯者不僅要重造原作原有的接觸機制，還會找方法跟譯本的讀者保持接觸，配合讀者興趣、讀者想知道什麼來做調整。有些地方可以做創意的處理，不必用完全的直譯。這面向與「達」有點關係，與譯文的本土化有點關係，因為這樣會比較減少閱讀障礙，對雙邊交流有所裨益。

4. 語規（code）及後設語功能（metalingual function）

「語規」就是包括語素、詞素、字詞、片語、句法，甚至喻況、象徵、表達手法、論說機制等全部的自成體系的系統。透過它，讀者才能充分把握與了解話語或文本所表達的含義。

不同的國別語有著既同復異的系統，其同異的幅度甚大，前面述及的近親語言（如同屬印歐語系的各歐洲語言）及東西方語言（如中文與英文）的差別，即為顯著的例子。前面雅克慎提倡的分辨性的雙語字典與分辨性的雙語文法的研究與編纂，與這語言親疏面向關係最為密切。即使目前在漢語與英語上，尚沒有這類的詞典與實用性的專書，但翻譯者在心中建立這個觀念，仍對其從事翻譯的作業有所助益。

所謂「後設語功能」，就文本而言，是指隨後的文字扮演著對前文的解釋，而其間的關係從明顯到不露痕跡，不一而足。以《三國演義》為例，在張飛喝斷長板橋的描寫裏，說書人寫道，「正是：黃口孺子，怎聞霹靂之聲；病體樵夫，難聽虎豹之吼。」以解釋曹軍害怕之因，曹軍體質不佳之故。其後，更在場景之後寫道，「後人有詩讚曰：長板橋頭殺氣生，橫鎗立馬眼圓睜。一聲好似轟雷震，獨退曹家百萬兵」，卻又強調張飛的氣勢。此七言絕句亦扮演著後設語功能，作為此節之總結，並為小

說帶上「史筆」的態勢。作為翻譯者，要注意到這些文字背後的功能，並加以傳達出來。同時，由於翻譯是兩個語言與文化系統的交流，當遇到兩者歧義甚大之處，譯者有時也需要在譯本內巧妙地插入一些解釋性的文字，或在文本外作注解，以便譯本的讀者了解，而這就是譯本的後設語創造，讓原文本的訊息安然到達譯文讀者的彼岸。

5. 說話人（addressor）與抒情功能（emotive function）

「文本」的「說話人」就是「作者」。靜聽「文本」，我們可以聽到他的聲音，他的志情意的律動。如果是抒情詩，聲音就來得清晰；如果是小說，敘述者的聲音會把它掩蓋；如果是戲劇，作者的聲音那就更隔一層了。無論如何，對作者而言，「文本」有其抒情功能，而「讀者」也會隱約感受到其抒情的況味。顯然地，要抓住這個作者的聲音已經不容易，要把它重建到譯本上，當然是很大的挑戰。當然，我們也可以把這抒情功能擴大為作者的寫作指歸與目的，並進一步移作譯者翻譯的目的，那就可以與我們前述尼達所說的決定翻譯的三大要素之一的目的連接起來。

6. 受話人（addressee）與感染功能（conative function）

「文本」的「受話人」當然是「讀者」了。廣告著眼於感染功能，要感染讀者，要打動讀者買他的產品。文學作品的感染功能比較微妙，但其功能更為深遠，孔子嘗謂詩「可以群，可以怨」，即為此感染功能的體認。翻譯者不妨把自己作為譯本的讀者，看看讀來是否有所感動，有所感染，是否三月不知肉味。就信達雅而言，我們不妨說，感染功能是「達」的極致。

　　最後，「文本」雖有六面六功能，但都涵蓋在「文本」的文字中，涵蓋在字裏行間，涵蓋在各種表達手法裏，翻譯者細心經營，加以創意重建，或可得之。一流的翻譯者，除首先是雙語無礙外，尚得是一流的作手，一流的文本閱讀者。雅克慎的六面六功能資訊交流模式，是文本閱讀與建構的一個豐富而有學理基礎的模式；當然，不同的文學與學術視野會提供不同的閱讀模式，而模式就像一面窗，為我們開出一面風景。其實，無論在文本閱讀上，在模式應用上，翻譯都不是被動，而在一流的翻譯裏，往往都是主動的、創意的，有著翻譯者的個性表現，就猶如一個好演員，除了揣摩、扮演原劇本的角色外（廣義來說，也是一種翻譯），還要演出自己的個性，所謂性格巨星是也，這是演員境界的三昧，善譯者亦如是。

7.4　文學視野的翻譯論者
班雅民（Walter Benjamin）

　　班雅民的翻譯論述見於〈翻譯者的任務〉（"The Task of the Translator"）一文。其理論深入而多元，接觸到艱深而根本的語言與翻譯問題，其影響非常深遠。繼起的詮釋者，如保羅・德曼（Paul De Man）等，往往把它推衍、轉化為後現代、後結構、後殖民的立場，恐怕已不復原來的旨歸。茲就原文略做平實的歸納與闡述。

1. 翻譯／譯品為原著繼起的生命

　　班雅民說，「翻譯源自原著，但與其說源自它當時的生命，

不如說源自它的後身，因為譯本晚於原著的出生，而人間巨著往往不會在作品出生之際就找到它的真命翻譯者，故譯本標志著翻譯時原著繼起的生命」。[7]他接著說，「它的後身是一種煥然一新的轉換，是一種生命體的再生，在其間原著經歷了變易，故得以稱之為它的後身，它生命的繼起」（頁 73）。在這裏，他指出「譯作」與「原著」的複雜關係，是斷裂，也同時是延續，蓋兩者是處於不同的語言系統與不同的時空與文化環境，故其生命必然差異，並且是一種轉換與再生，而其再生與其當時的文化環境等有所關聯，而真命翻譯者的概念亦饒有趣味。

2. 可譯性內在地存在於原著本身

　　班雅民說，「翻譯是一種存在模式。要作為存在模式地去了解翻譯，就得溯源到作為源頭的原著，因其中含攝著主導翻譯的法則：它的可譯性」。他進一步說，所謂可譯性，「是指內在地存在於原著中的某種深意（significance），在其可翻譯性裏表現出來」。換言之，他預設「可譯性」為「翻譯」的前提，而此「可譯性」內在地存在於原著，否則無「翻譯」之可言。另一方面，由於源頭語與目標語的差異，追求兩者之「雷同」（likeness）是無望的：「如果翻譯的本質被定為最求與原著類同，翻譯是不可能的」（頁 73）。如果「雷同」不是翻譯的基礎與目的，那應是什麼呢？這就是翻譯為繼起的生命觀所說的，翻譯是一種從新創作，就像原著一樣有其存在模式，有其生命，

7　Walter Benjamin, *Illuminations*, trans. Harry Zohn (New York: Schocken, 1969), p.71.

是內在地存在於原著的可譯性，是原著中的某種深意。班雅民這裏觸及的是一種內在的可譯性，與一般所說的有所不同。

3. 翻譯觸動語言的生命，是兩個語言系統的互動與再生

班雅民說，「翻譯最終為表達兩個語言核心性的互動而服務」（頁 72）。又說，「翻譯絕對不是兩個死語言，兩個死文學形式的無孕的等號行為，而是承擔著特殊任務，看守護著源頭語慢慢成熟的過程，以及自身譯作在目標語中誕生的陣痛」（頁 73）。他給予翻譯活動從沒有過的崇高的價值。翻譯的目的是兩個語言互動，兩個文學與文化系統的互動；在這互動裏，源頭語與原著得以成熟，也同時是目標語與譯作誕生的陣痛。翻譯絕對不是兩個死語言與死文學形式的貧乏的畫上等號。翻譯是對語言本身的考驗與開發。他說，「是翻譯抓住了作品永恒的生命與語言的永恒更生。翻譯以譯作來考驗語言底神聖的成長，察看表達與隱義之間究竟有多遠，察看對這兩者相距（remoteness）的認知又能把兩者的距離拉多近」（頁 74-75）。引文中提及的這些東西，事實上就是作家創作時深層的語言活動。這麼說來，班雅民幾乎把「翻譯」等同於「創作」。然而，他同時指出，翻譯究竟是依據「原著」，故只是一種「重寫」（re-writing），與創作有別。兩者的差別，他講得實在太好了：「不像文學創作，翻譯發覺自己並不處於語言森林的中心，而只是其外圍，面對著森林邊際的陵線；它向內呼喚，但沒走進去，守望著那可以給出回音的地帶，以它自己的語言，以它自己的文本，在異域裏廻盪」（頁 76）。

4. 「純語言」（pure language）的提出與翻譯者的任務

　　「純語言」這個觀念有點艱深，但意義非凡，可說是其理論最特出最精華的地方。所謂「純語言」，他界定如下：「在此純語言裏，所有的資訊（information），所有的所謂意義（sense），所有的作者目的（intention）（按：在這裏，information, sense, intention 都是就外在的、實用的、外在的層面而言），終於碰到使其命定隕滅的層地。純語言不再陳義，不再表達什麼，而是宛然存在，就猶如不言而卻是創造性的上帝的語言：Word」（頁80）。言下之意，「純語言」超越了資訊、意義、目的等糟粕的表達層面，宛然實存，生生不息，可供人自然了悟。「Word」字大寫，也就是把「純語言」比作上帝的語言，有點宗教與神秘色彩。也許，我們可把它解作超越並同時支撐個別語言與文化系統背後的東西。這又觸及「可譯性」的更深的層面了。最後，「翻譯者的任務，乃是經由自身的語言（目標語）把魔禁在他語言（即源頭語）中的純語言釋放開來。在其譯作中，在其對原著的從新創造中，把自身語言（目標語）解放開來。但為純語言故，翻譯者把自身語言（目標語）底腐朽的藩籬衝破。」（按：筆者在譯文裏以括號標出所指為目標語還是源頭語，以方便閱讀）（頁 80）。換言之，語言的背後有著「純語言」，而這「純語言」為這語言所禁錮，而翻譯活動即為透過所用的「目標語」，使到禁錮於「源頭語」中的「純語言」得以解放，而同時也把禁錮於「目標語」中的「純語言」釋放出來。

第八講
跨學域的翻譯研究與文化翻譯

8.1　略述荷姆斯（James Holmes）的翻譯研究

　　從翻譯研究的發展史看來，如前面所說，隨著現代語言學的興起，從語言學的視野來研究翻譯文本或提出翻譯理念與理論，成為了當時即令的顯學，甚至視此為歷史的分水嶺，與語言學前的經驗之談及策略有所區隔。然而，隨著當代學術視野的百花齊放，尤其是記號學、解構主義、文化研究的興起，加深了對翻譯的多元理解及論述，也就是慢慢推向跨學科的視野。從事文學翻譯及教學的荷姆斯於 1972 年在第三屆國際實用語言學學會大會上發表的經典論文〈翻譯研究其名及其本質〉（"The Name and Nature of Translation Studies"），可說是這發展過程中的里程碑，集當時翻譯研究之大成，開宗地標識出這跨學科的發展朝向。根據他的歸類，這新朝向主要來自語言學、語言哲學、及文學研究等鄰近學科的學者的各自從本身學術訓練出發以及偶然的相互碰撞，甚至更遙遠的學科，如資訊理論，邏輯，數學等，也會加入這研究行列。於是，各種理念、模式、視野都在翻譯研究裏出現，可謂莫衷一是，但跨學科的朝向事實上悄然成形，而他

呼籲這跨學科的翻譯研究能為大學及更大的學術機構所接受。從較窄的歷史角度而言，這朝向則是打破語言學與文學研究對翻譯研究及其合法話語權的學術壁壘。

如何命名這新跨學科的翻譯朝向呢？根據他的說法，主要有三個主要選擇，一是翻譯學（translatology），朝向學科性；一是翻譯科學，朝向科學性；一是翻譯研究，比較中性；而他本人則選擇了第三者。就筆者而言，我會選擇學科性質的「翻譯學」作為其名稱，或者采用標識性的「跨學科的翻譯研究」（按：故本節以此為標題）。

至於其範疇，他指出論者或以為與比較辭彙學、比較語言學，甚或翻譯理論等相近，並引用了 Werner Koller 廣延的描述，謂「翻譯研究為指陳集合性、包容性的所有研究活動，而以翻譯活動以及翻譯本身為核心者」（第三節）。他認為，大家都會同意「翻譯研究」屬於實證的訓練（empirical discipline），並引用 Carl Hempel 的話，「實證訓練其目標為在我們的經驗世界裏，描述具體的個別現象，並據此建立能對個別現象解釋與預測的通則」，因而「翻譯研究」可分為通則性的理論研究與描述並解釋具體翻譯現象的描述性研究兩個層面，當然兩者是可以互動往來的。接著，他分類描述了當時為止在這兩領域的帶有跨領域性質的翻譯研究，可謂是最為周延與深刻的回顧，富有參考價值，但無法在這裏細述了。[1]

這篇經典論文發表迄今，跨學科的翻譯研究當然有長足的發

---

[1]　論文今見 Basil Hatim and Jeremy Munday, eds. *Translation: An Advanced Resource Book* (London: Routledge, 2004), pp.127-131.

展。其跨學科的廣闊領域在哈提姆與蒙代編寫的《翻譯：進階資源書》（2004）裏有很好的圖示（頁 8），以翻譯作為核心，外接作為接觸界面的五個小圓，分別為語言學（linguistics），文學研究（literary studies），文化研究（cultural studies），語言工程學（language engineering），與哲學（philosophy），並在每一小圓裏列出該領域的一些分項，可見跨領域「翻譯研究」的豐富，以及它對當代學術的互動密切；舉例來說，在文化研究領域裏，即列出電影研究、語言與權力、意識形態、性別研究、同性戀研究、後殖民主義、結構主義、與解構主義等。「翻譯研究」發展的另一方向，就是與文化研究的結合，也就是勒菲弗爾（Andre Lefevere）與巴斯奈特（Susan Bassnett）所提倡的「翻譯研究的文化轉向」與「文化研究的翻譯轉向」，以及兩者的合流。筆者把這轉向與合流放在下節〈文化翻譯〉裏討論。

8.2　略述所謂文化翻譯

在這裏順便介紹一下在這跨領域翻譯研究下開拓出來的所謂「文化翻譯」（cultural translation）。「文化翻譯」是一個界定不清的領域，也是一個開放的、進行式的視野，它包涵著「文化」與「翻譯」兩個關鍵詞。它的興起應為「文化研究」（Cultural Studies）在九十年代初獨領風騷的衍生物。[2]那就讓我

---

[2]　當代文化研究雖可上溯到 50 年代末 60 年代初，由英國 Richard Hoggart, Raymond Williams, E. P. Thompson 等人所代表的左翼文化論述，但必需等到文化研究與後結構主義，後現代主義，後殖民主義，性別研究等學術潮流先後結合，才在學界獨領風騷，那就差不多是 90 年代初了。

們先說說「文化研究」。這當代的「文化研究」學科與傳統的文化研究不同。對比之下，它有三個主要特色，即為：1、研究現在的文化，尤其是當下流行的文化。2、重點移至大眾媒體（mass media），如電影、影視、廣告、當代藝術、和流行音樂等，不以文學為唯一的重心。3、挑戰歐洲中心主義（European Centralism）與資本主義，批判後殖民主義，以及全球化帶來的負面影響等。4、與當代各新興思潮先後結合，如後結構主義、後現代主義、後殖民主義、性別研究等。學界以英語為例，英語之所以能發達，就是得力於殖民主義（colonialism）。隨著殖民主義發展，造成大家對英語的學習、模仿。同時，英語的獨尊，也有助於資本主義和英帝國主義的推廣；這也包括了性別差異的推廣，男性中心主義的推廣，因為歐洲一直以來都是以男性為中心的社會為主，於是其語言也包含了性別差異的性質在內。[3]

　　翻譯與文化研究的相互接觸，產生兩個現象。首先是「翻譯研究的文化轉向」（cultural turn in translation studies）。簡單來說，即強調翻譯裏的文化層面及其影響，去認知、了解、研究翻譯裏面所含有的各種文化的因素，這些因素包含了種族、文化、性別的差異與歧視在內。勒菲弗爾（Andre Lefevere）與巴斯奈特（Susan Bassnett）在其合編的《翻譯，歷史，與文化》（*Translation, History and Culture*, 1990）的〈緒論〉裏，就開宗明義地在標題裏揭櫫這翻譯研究的文化轉向。他們針對的是文學的翻譯，他們挑戰語言學翻譯視野的侷限，他們強調翻譯與歷史

3　詳參 Simon During, ed., *The Cultural Studies Reader* (Taylor & Francis, 1999)。主參其所寫〈緒論〉。

及文化的紐帶。在這〈緒論〉裏，經由對書中論文論點的介紹，他們挑戰奠基於源頭語與目標語「對等」（equivalence）的語言學立場，尤其是所謂翻譯上的「忠實」（頁 8）；他們指出，翻譯運作中的單位，不是字，甚至不是文本，而是文化；所謂譯作，不妨看作是在某一文化裏那些宣稱它們代表著屬於另一文化的文本而已（頁 8）。文化現實（cultural reality）為實存，但它隨著時間而改變，如在目前的文化現實裏，是影像（image）多於語言。兩位學者更挪用這個方向，表達我們認知上的影像性質，說：「文學作品帶給我們的衝擊，與其說來自作品本身的現實（reality），不如說是作品呈現的意象（image）」，文學翻譯的研究要兩者兼顧（頁 9-10）。總的說來，「既然各種語言表達著各種文化，翻譯者應該是雙文化的（bicultural），而非只是雙語的（bilingual）」（頁 11），翻譯過程與翻譯後果也應如此。他們總結這翻譯轉向說，「研究的對象已經重新界定，我們所研究的文本不再視作為孤立的，而是植根於源頭語與目標語兩者文化記號的網絡裏；這樣，文化研究就可以利用語言學的訓練並同時超越它」（頁 19）。這可以看作是他們對這翻譯轉向的總結。

接著是「文化研究的翻譯轉向」（translation turn in cultural studies）。始初，文化研究並不注重翻譯在文化傳播與發展上的影響。然而，隨著翻譯理論與研究的蓬勃發達並切入文化問題，文化研究者開始發覺翻譯研究實為文化研究的一個重要組成部分。於是，學者們一方面強調文化研究，一方面開始研究文化時，也要留意各種翻譯成品，去了解既有翻譯的東西如何影響文化。這個文化研究的翻譯轉向，也同樣在巴斯奈特與菲弗爾多年

後再度合編的《文化建構》（*Constructing Cultures*, 1998）書中
提出。該書是兩人論文的合集，是二人在這領域上的實踐。壓軸
的一篇，即是巴斯奈特以〈文化研究的翻譯轉向〉作為論文標題
的一篇，以宣言式提出了這轉向。「翻譯研究與文化研究兩者主
要關切的問題，同為權力關係與文本製造的牽扯。當我們越認知
到那些控馭著我們目前生活世界中的各種塑造力量，以及那些控
馭著前人生活世界中的各種塑造力量，文本能超離權力關係的網
絡這一個概念，就越來越變得難以接受」（頁 135）。巴斯奈特
指出，「無論是翻譯研究之應用文化研究開拓出來的方法，或文
化研究對翻譯研究上的價值之承認，目前都有所滯後。然而，這
兩個跨學科的研究領域間的可參照的平行與重疊實在太重要了，
我們實在無法忽略。翻譯研究的文化轉向已在十年前發生，同樣
地，文化研究的翻譯轉向也正在進行中。」（頁 136）Edwin
Gentzler 在該書的〈前言〉裏，引介集中各論文之餘，背書這個
轉向，並謂翻譯研究的成果值得文化研究參考：「翻譯研究在過
去三十年來，已經建立了一大堆學術的資料，足以讓文化研究的
學者作跨文化時刻之討論時，或哀嘆這方面資料之匱乏時，應該
去參考翻譯研究學術上的各種發現。我個人已論辯說，翻譯的文
本可作為實證的資料，指證各文化間的移轉交易。巴斯奈特在此
作類似的論辯，謂翻譯乃是跨文化交流的實踐層面」（p. xx）。

　　巴斯奈特在文中呼籲並預言這兩個轉向的合流。簡言之，也
就是在文化研究裏認識到翻譯的角色及其參證價值，在翻譯研究
裏注意到翻譯背後的文化性及隱含的各種文化含義，尤其是各種
陷阱與歧視。這合流朝向仍是目前有關研究的一個主要朝向。

　　「文化翻譯」（cultural translation）是進行式中的視野。筆

者的詮釋策略是把它界定為在翻譯研究與文化研究互為轉向與融合的產物，並以此敘述其領域與精神。歸納起來，筆者認為，文化翻譯包含下面四個主要面向。

1. 文化翻譯關切的是翻譯的文化層面。它強調翻譯不僅僅是語言問題，更是語言中所含有的文化問題，所以語言的翻譯也就是文化的翻譯。理想的翻譯者，就是要兩個語言都能熟稔，近乎雙語能力，除此之外，還需要熟稔兩個語言背後的文化，有雙文化的素養。

2. 文化翻譯為翻譯定義的擴大。任何不同語言、文化的接觸，都是某種的重寫、解釋，或是翻譯，並去了解它，掌握它。因此，翻譯不僅僅限於語言，尚包括音樂、繪畫、和服飾等任何文化單元的接觸、重寫、與翻譯。從這個角度來看，以筆者的例子言之，接受現代的飲水文化（用寶特瓶裝水），和接受英國作家莎士比亞的中譯和其含攝的文化，其理一致。

3. 文化翻譯造成身分認同（identity）的混淆、不純、與模稜。目前全球化生存的情境裏，文化接觸與翻譯，比比皆是。像美國文化裏的搖滾樂（rock and roll）、可口可樂（cock cola），和麥當勞（McDonald），這些流行文化，都可以視為記號系統（semiotic system）和文化系統（cultural system）。我們每天都在接觸、解釋或翻譯外國的東西，不僅限於語言，與任何對外來東西的接觸、理解，都是一種「翻譯」過程。其「文化翻譯」定義之廣泛，無所不在的情形，造成我們單一的身分認同（single identity）受到挑戰。這個情形在「離民」（Diaspora）中更為清楚。

4. 文化翻譯強調翻譯的非中性。翻譯必然帶上許多的意識

形態和各種的歧視等，這和「文化研究」（cultural studies）的批判立場關係密切。同時，這與「全球化」關係同樣密切，「文化研究」所專注的大眾媒體（mass media）和流行文化（pop culture），在此領域中特為詭譎，它有席捲全球的動能，這動能掩蓋了其原有的文化特質與時空性，掩蓋了其中的霸權伸張、特有的意識形態，以及其在性別、種族、宗教等文化層面的歧視性。文化翻譯的研究，就是要揭穿這些文化現象背後的霸權，意識形態，各種文化陷阱與歧視。

第九講 翻譯與比較文學

　　本土作家與外來文學接觸時，往往透過翻譯的「中介」，而這「中介」無可避免地影響著其對外來文學的接受。單就語言風格而言，翻譯者的譯筆就足以影響接受者對原著文字風格的認知與吸收。翻譯所扮演的「中介」角色，比較文學界從沒忽略過，如比較文學法國派的奠基之作，提格亨（P. von Tieghem）的《比較文學論》（戴望舒譯），即有相當的論述，只是晚近更為強調其重要性，並轉向於這方面的研究上，有使人耳目一新的開拓。本節有兩部分，首先是對比較文學的範疇與發展作一略述，以提供討論「翻譯」在比較文學的「中介」角色一個廣延的視野。接著是回顧提格亨的經典之作，回顧其「中介學」，順道略微引進當代的一些看法，作為晚近比較文學「翻譯轉向」（translation turn）的一個瞻前顧後。

9.1 略述比較文學（兼及中國派）

　　無論是比較文學本身，或其中的中西比較文學這一局部，目前都還在發展中。我要強調，它是發展中的，絕非已死的、已定型的東西，所以每一個學者都可以注以心力，讓它發展得更好。比較文學是超越國界的文學研究，所以它的首要條件是：超越國

界。因此，中國文學本身領域內的互相比較，並非比較文學之
屬，必須中國文學跟英國、法國、美國文學等等的互相比較，才
算是比較文學。比較的形式有很多種：諸如一篇作品和另一篇作
品的比較、某個主題和某個主題、某個文類和某個文類、甚至整
個文學系統之間的比較，都在範圍之內。重要的是，所謂「比
較」，並不是隨便比比就算了，它必須達到一定水準的要求，必
須有深度而且具有系統性，也要讓人覺得它是有意義、有價值
的，否則稱不上「研究」二字。研究是嚴肅的，具有專業水準
的，比較文學的研究也是如此。其研究內容，主要包含「影響研
究」——作品的相互影響；「類同研究」——也就是同類的作品
互相比較，如中國的山水詩和西方的山水詩二者之比較：「平行
研究」——即有關但不盡相同的兩者之平行研究（如不同的文學
傳統或美學理念的平行比較）。比較文學延伸的範疇，也是以超
越國界為基礎，但不限於以文學為比較對象，而是延伸至文學與
藝術（如繪畫）的比較研究，或與其他學科（如語言學、人類
學，甚至法律）作為互相比較的對象。

　　現在我們再回顧一下比較文學的近代發展。其中稍早的軌變
與融合，應是在國際上始於 1958 年的注重實證、注重「影響研
究」的法國派與注重美學、注重類同與平行研究的美國派的爭
論。在這裏。讓我先解釋一下法國派和美國派的差異。法國派認
為，比較文學的研究，應該放在影響研究的範疇內，如十九世紀
的浪漫詩人拜命的詩作出來後，以怎麼樣的情形橫掃整個歐洲？
為何當時影響歐洲詩壇的，不是其他詩人，而是拜命？其他如歌
德對法國的影響，法國的盧梭對歐洲其他各國的影響，也是其研
究的範圍。總之，重點是透過與他國之間文學的互相影響之研

究，而把文學史的概念擴大，因而從國界延伸出去。以往，我們一般講中國文學史，則以唐宋元明清為分界基準，現在我們可以思考：杜甫的作品延伸出去，對英美各國產生什麼影響？反過來，也可以說：印度的佛教文學如何影響中國的文學等等。我們以前或多或少都有提到一些，但是仍嫌不夠。自五四以來，文學的交流日益廣闊，法國派這種注重實證、注重影響研究的理論，就可以提醒我們從探討某個人讀過什麼書、學過什麼東西、受過什麼影響等方面，來對此人作研究。最重要的是把文學史延伸到一個更寬廣的國際脈絡中。美國派則認為，這種研究不是不好，但是有侷限，因為它忽略了美學，並且範圍受制於有影響關係者。那時，美國學界的主導思想，是所謂的「美國新批評」（American New Criticism）。他們把文學作品當作客觀對象，來研究文學裏面美學的品質及結構，所以他們對法國的比較文學思維不滿意，認為法國派的研究無法觸及文學的核心，而且，若一定要有「影響」才肯研究，那麼這種格局未免也太小了。美國派以為，二者不需要具備「影響」的條件，只要是「類同」的雙方，就有研究的價值，甚至不必計較相同與否，只要是平行的二者，這樣的對象就可以研究了。這樣又把比較文學的領域作了進一步的擴大。此外，美國派也主張，文學研究不該僅限於文學本身而作研究，而應和其化的藝術形式，如音樂、美術以及和其他學科來作比較，藉以擴展範疇。1958 年論辯的結果，似乎是美國派的觀點獲得較多的認同。現在法國派也已接受美國派所界定的範疇，也就是文學可和其他藝術與學科領域作比較研究。其後，隨著「結構主義」的影響，隨著文學研究的強調系統性，主張文學的目的在追求文學一般的通則及規律，比較文學界也向此

傾斜，不再是美國派津津樂道的所謂「異同」與泛泛的「綜合」。於是，歐美某些大學（如法國）不以「比較文學系」作為系名，而以「比較和一般文學系」為名，以彰顯比較文學的目的為尋求「一般文學」（general literature），在探究貫通古今遠近的文學規律與通則。其後隨著「文化研究」（cultural studies）的領一時風騷之際，比較文學界也隨風向此傾斜，重點移於文化的層面，而非僅限於文類、美學、風格、文學通則等層面，此即所謂「比較文學的文化轉向」（cultural turn in comparative literature）。其後，隨著翻譯研究的長足發展，朝跨學科的研究路向，並與文化研究結合，比較文學界也作了及時的轉向，重新認知「翻譯」的中介角色以及在比較文學的重要性，不只是風格層面，而是更深的文化層面。總言之，比較文學隨著學術風潮而不斷演變轉進，在不斷的所謂危機中更生。

　　接著談臺灣的場景。在這個學術背景之下，在臺灣，由於中西比較文學的墾拓與發展，包括臺灣大學外文系成立了比較文學博士班，出版了《中外文學》，淡江大學出版了英文的《淡江評論》，並舉辦了多屆國際性的比較文學會議，而「中華民國比較文學學會」儼然誕生，中國派的路向遂被思考與提出。這個思考，是時代性的，雖然當時的學者，如李達三教授，對比較文學的精神與範疇，應該會有與西方比較文學的主流略有不同的朝向與偏重，但不敢冒失地大膽提出與西方別樹一幟的「中國派」。所謂初生之犢不畏虎，筆者當時趁編《比較文學的墾拓在臺灣》（臺北：東大，1976；與陳鵬翔合編）作〈序〉之便，略帶宣言性質地提出了「中國派」的路向，並在其後的多篇文章裏，對比較文學中國派作了進一步的論述。

　　我的〈中西比較文學：範疇、方法、精神的初探〉一文（《中外文學》，7 卷 11 期，1979），可說是初步的總結。首先，我把援用西方文學理論的方向以闡發中國文學界定為「闡發研究」，而「闡發」的意義就是把中國文學的精神、特質，透過西方文學的理念和範疇來加以表揚出來。我並進一步界定「中國派」的內涵，認為在範疇上、方法上必須兼容並蓄，亦即要容納法國派所主要從事的影響研究、美國派所主要從事的類同研究和平行研究，加上前面所提出的、符合當前狀況的「闡發研究」。同時，在法國派與美國派的傳統領域與方法上，應作適當的調整，以適合中西比較文學的研究。對於作為「中國派」特色的「闡發研究」，也在某種程度上從理論上維護了它的合法性。我認為，「影響研究」最為正宗，在身分上沒有什麼可疑問的，後者的類同與平行研究，以及新提出的闡發研究，其危險性則越來越多，挑戰也越來越大，但仍不失其合法性。在當時，我雖未料到 80 年代期間，大陸的學者對我們所提出的「闡發研究」有如此的興趣，並且毀譽參半。事實上，其時我也戚戚然感覺到「闡發研究」方法上的可能危機，這種危機是我從當時學界所發表的中西比較文學的有關的論文裏所見到的。對此，我提出一個初步的試金石來回答這個自我質疑：在西洋批評理論下的中國文學或批評是否仍是中國式的？是否並未失去其固有的特質、固有的精神？我想，作為一個研究比較文學的中國學者，這是一個很重要的考量。

　　接著，隨著「記號學」（semiotics）的興起並席捲全球，我在撰寫《記號詩學》（1984）之際，遂倡言中西比較文學為兼容中西傳統的「一般詩學」（general poetics）的研究平臺，而這

也是中西比較文學的崇高任務。其後，隨著比較文學的「文化轉向」，中西比較文學也作了相應的調整，轉向於文化的層面的考察，這點在中國大陸比較文學界特別顯著，無論在理論及實踐上皆如此。目前，比較文學的「翻譯轉向」正方興未艾，而兩岸的比較文學也呼應著這個轉向，而比較文學也從「發放者」視野的「影響研究」，轉變為以「接受者」視野的「接受研究」，「翻譯」的「中介」角色，尤其是文化層面，在比較文學的研究上獲得更多的注視與論述。

9.2　提格亨（P. von Tieghem）的「仲介學」

提格亨的《比較文學論》（戴望舒譯），堪稱是法國比較文學集大成的奠基之作，開創了以「影響研究」為範疇，以「實證」為方法學的法國派，而其「仲介學」也值得當代比較文學「翻譯轉向」時的回顧。提格亨把「影響研究」的全域，依著眼點之不同而細分為三個範疇（戴譯，58-59）。細言之，著眼於發放者之「影響」者，即探討其在國外的「成功」、「影響」、以及隨之而來的各種「模仿」，此亦即所謂「發放者」的「聲譽學」研究。著眼於「接受者」者，則探討其作品的外來因素，即探討其作品的外國源頭，此即所謂「源流學」研究。著眼於「傳遞者」的研究，即探討「接觸」所賴的各種「媒介」與「中介」，包括其時的「社會環境」、批評界與報章雜誌、個別的媒介者、以及「翻譯」，此即所謂「仲介學」研究（戴譯，66-

67：116：154）[1]。這經典的法國派以比較文學「影響研究」作為國別文學史研究的延伸（戴譯，83），並且把研究本身推進到實證科學的境地，到今天還是有其參證的價值。

翻譯與比較文學的關係，隸屬於其「仲介學」。他首先提出翻譯作為「仲介」的重要性，但其後的比較文學就較少專注於翻譯本身的研究，到了最近的十幾二十年卻有長足的發展，展開所謂比較文學的「翻譯轉向」。提格亨的研究視野放在「實證」的影響上，指出影響過程裏經由許多「媒介」，而「翻譯」即為「媒介」的一個重要環節；當我們無法或沒讀原著，而讀「譯本」，這個「媒介」就是「翻譯」。換言之，作家此時即透過「譯本」而接受外來影響，而非直接來自原著。就翻譯與影響的關係，提格亨圍繞著「接受者」所接觸的是怎麼樣的一個譯本作出發。首先，譯本是完整還是不完整的？這不完整的原因，牽涉到很多因素。出版家或翻譯者認為原著過長，顧及讀者與銷售，加以節錄；或者，內容過於煽情、露骨、猥褻，也加以刪除，甚或因政治或宗教因素，不宜加以譯出。接著，直譯自原著與透過另一語言的二手再譯，優劣有別。從原著翻譯錯誤較少，從譯本再譯往往失真。如譯本多於一種時，研究者應加以比較。同時，翻譯者的名望，對影響有所差別。若翻譯者默默無名，讀者不會加以注重。名望高，則往往影響深遠。最後，提格亨強調譯本對原著的信實度，為傳遞所依賴，攸關影響的通道。在這方面，提格亨認為，如果譯本有些文字上的不準確或差錯，一般來說，很

---

1 提格亨，《比較文學論》，戴望舒譯（臺北：商務，1966 臺一版，1995 二版）。

難避免，也無關緊要。就文學文本而言，主要是風格的問題，如果譯本未保持原本的風格，而是依照當時流行的風格和趣味，那就和原著背道而馳。上述是提格亨書中關切的有關譯本在「中介」上的問題，也就是他的「仲介學」，與其「實證」的方法學，息息相關，雖有其帶來的侷限，仍提供了一個可參證的基礎。

下面，我們先就提格亨關切的譯本問題，作小小的鋪陳，並在臺灣場景做一些印證與討論。先說譯本全集與選集的問題。譯本往往不是對某一個作家的全集作品的翻譯，而對全集作挑選，往往不可避免，除非是團隊的作業，或世界文學中之特為佼佼者，並有翻譯者的全身投入，如梁實秋或朱生豪的莎士比亞中譯全集。誠然，不同的譯者有不同的選擇。有些譯者會以原作者的經典之作或譯者的喜愛為依歸，有些譯者會挑選易翻譯和受大眾喜愛的作品翻譯。這就牽涉到翻譯的目的與市場的問題。

至於透過另一語言的二手翻譯，是一個現實問題，往往是外語人才偏而不全之故。在臺灣，目前歐洲的作品幾乎都是由英譯本翻譯過來的，而最安全的翻譯應為透過原著的翻譯。這現象是由於目前英語（含美語）為最強勢的語言，相當多的非英語作品都有英譯本，而臺灣境內以英語人才最為普遍及優質。

至於翻譯風格的問題，臺灣在六十年代開始現代詩時期，翻譯了一些法國詩歌和德國詩歌，但其後招致質疑，因與原著相比對後，發覺頗不準確。這是因為譯者對作品本身的語言並不熟稔，造成譯本的語法、字彙晦澀難解（當然，原著的風格及內涵也有其較高的難度）。這造成其時臺灣六十年代晦澀的現代詩詩風的一個因素。

最後，我們在這翻譯與比較文學關係上做一些當代的補充。提格亨的關切，主要是作品的影響面向，然而，如同前述，晚近的比較文學視野已從「影響研究」（influence study）轉向為「接受研究」（reception study）：前者著眼於原著如何影響外來作家，或界定本地作家受到外來作品的相關影響，而後者則著眼於「接受」本身，指陳並討論「接受」時的有關因素，包含個人與社會環境因素等，以接受者為觀察中心，看其在新作品中所呈現的吸收、抗衡、與變異。事實上，我們不妨指出，提格亨的「仲介學」對「接受」的外在環境也有相當的陳述。

謝弗勒（Yves Chevrel）指出，這一個當代視野的移轉，與受到德國的姚斯（H. R. Jauss）等在美學上及閱讀理論上的「接受理論」（reception theory）的衝擊有關：在美學或閱讀經驗裏，「主體」乃是一個積極的「主體」活動，賦予「書篇」意義及存在。然而，謝弗勒也同時指出，「影響」與「接受」互為涵蓋，兩者所應用的資料可謂相若，只是其運用之視野、策略與重點有所變易而已[2]。稍早的韋斯坦（Ulrich Weisstein），在其集大成之作《比較文學與文學理論》（1973）裏，以「影響」來指陳「存在於已成的文學作品間的關係」，而以「接受」來指陳「更廣大課題，即這些作品於其特別的氛圍環境，包括其作者、讀者、評論者、出版者、以及時代環境」，朝向「文學社會學或心理學」[3]，也提出相若的看法。

---

[2]　Yves Chevrel, *Comparative Literature Today* (Kirksville: Thomas Jefferson UP, 1995), pp.29-32.

[3]　Ulrich Weisstein, *Comparative literature and literary theory* (Bloomington: Indiana University Press, 1973), p.48.

　　無論如何，「影響」的探討不能離開「發放者」作品之如何被「接受」的問題，而「接受」的探討也必須論及「接受者」之如何受到有關外來作品的「影響」方為功，而這兩極及其傳遞與吸納過程中的各種「中介」是為跨國與跨語言的文學及文化交流的全程，而「譯本」當然是研究上最重要，最可掌握的「中介」。在這個視野裏，研究重點不再是譯本完整與否等相關問題，而是圍繞著「譯本」的文學與社會環境的制約與需求，以及接收者的心理機制而審察（如上面所說的六十年代臺灣詩壇，引進法國「象徵主義」以來較為晦澀的詩作，有其特殊的需求，以打破當時平白易懂的白話詩），並在當代理論的領航下，從事實際個案研究之外，還探討接收過程的與「譯本」有關的各種「中介」與機制。

下篇
譯評與導介篇

第十講　譯評之一：
梁實秋與朱生豪所譯莎士比亞
《哈姆雷特》比較舉隅

　　概括來說，梁著為「直譯」的代表，忠實原文。譯文不免有時較不好懂，比較乏味，但梁實秋之譯本有「對讀」的價值。朱著為「意譯」的代表。意譯較活潑、易懂，但往往和原文有些出入。就信達雅而言，梁著以「信」為依歸，而朱著則以「達」為鵠的。梁著偏向「雅」，而朱著偏向「俗」（非負面之意），「雅」則較符合原著，「俗」則符合朱著當代的讀者，兩者策略不同，皆不可厚非，蓋兩者皆為翻譯界認可的策略。

　　由於篇幅有限，我們下面選用該劇本最為人所徵引，無論內容的轉折與深度、風格的繁富與複雜，同時是最難翻譯的一詩節，作為此比較之作業；這就是有名的哈姆雷特王子「to be, or not to be」的獨白。

10.1　莎翁原著與梁氏與朱氏的譯文

莎士比亞原著：

1)To be, or not to be: that is the question:

2)Whether 'tis nobler in the mind to suffer

The slings and arrows of outrageous fortune,

Or to take arms against a sea of troubles,

And by opposing end them?　3)To die: to sleep;

No more;　4)and by a sleep to say we end

The heart-ache and the thousand natural shocks

That flesh is heir to,　5)'tis a consummation

Devoutly to be wish'd.　To die, to sleep;

To sleep: perchance to dream:　6)ay, there's the rub;

For in that sleep of death what dreams may come

When we have shuffled off this mortal coil,

Must give us pause:　7)there's the respect

That makes calamity of so long life;

For who would bear the whips and scorns of time,

The oppressor's wrong, the proud man's contumely,

The pangs of despised love, the law's delay,

The insolence of office and the spurns

That patient merit of the unworthy takes,

When he himself might his quietus make

With a bare bodkin?　8)who would fardels bear,

To grunt and sweat under a weary life,

But that the dread of something after death,

The undiscover'd country from whose bourn

No traveller returns, puzzles the will

And makes us rather bear those ills we have

Than fly to others that we know not of?

9)Thus conscience does make cowards of us all;

And thus the native hue of resolution

Is sicklied o'er with the pale cast of thought,

And enterprises of great pith and moment

With this regard their currents turn awry,

And lose the name of action.　10) – Soft you now!

The fair Ophelia! Nymph, in thy orisons

Be all my sins remember'd.[1]

（按：編碼為筆者所加，下面梁氏與朱氏仿此，以便評論比較）

梁實秋的翻譯：

1)活著，還是不活著，——這是個問題；　2)究竟要忍受這強暴的命運的矢石，還是要拔劍和這滔天的恨事拼命相鬥，纔是英雄氣概呢？　3)死，——長眠，——如此而已；　4)闔眼一睡，若是就能完結心頭的苦痛和肉體承受的萬千驚擾，　5)——那真是我們要去虔求的願望。死；——長眠；——長眠麼！也許作夢哩！　6)哀，阻礙就在此了；我們捐棄塵世之後，在死睡當中會做些什麼夢，這

卻不可不加思索； 7)苦痛的生活所以能有這樣長的壽命，也就是這樣的動機所致；否則在短刀一揮就可完結性命的時候，誰還甘心忍受這時代的鞭撻譏嘲，高壓者的橫暴，驕傲者的菲薄，失戀的悲哀，法律的延宕，官吏的驕縱，以及一切凡夫俗子所能忍受的欺凌？ 8)誰願意背著負擔，在厭倦的生活之下呻吟喘汗，若不是因為對於死後的恐懼，──死乃是旅客一去不返的未經發現的異鄉，──令人心志迷惑，使得我們寧可忍受現有的苦痛，而不敢輕易嘗試那不可知的苦痛？ 9)所以「自覺的意識」使得我們都變成了懦夫，所以敢作敢為的血性被思前思後的顧慮害得變成了灰色，驚天動地的大事業也往往因此而中途旁逸，壯志全消了。 10)小聲些！美貌的奧菲里阿？──仙女，你在祈禱裏別忘了代我懺悔。[2]

朱生豪的翻譯：

1)生存還是毀滅，這是一個值得考慮的問題；
2)默然忍受命運的暴虐的毒箭，
或是挺身反抗人世的無涯的苦難，
通過鬥爭把它們掃清，
這兩種行為，哪一種更高貴？

---

[2] 其後梁氏對譯文作了一些修訂。最值得注意的是，爭論最多的首句，改為更為接近原文的「死後還是存在，還是不存在，──這是個問題；」，見其譯《馬克白；哈姆雷特；李爾王；奧塞羅》，頁 135-137。臺北：遠東，1999。

3)死了；睡著了；什麼都完了；

4)要是在這一種睡眠之中，我們心頭的創痛，

以及其他無數血肉之軀所不能避免的打擊，都可以從此消失，

那正是我們求之不得的結局。

5)死了；睡著了；睡著了也許還會做夢；

6)嗯，阻礙就在這兒：因為當我們擺脫了這一具朽腐的皮囊以後，

在那死的睡眠裏，究竟將要做些什麼夢，那不能不使我們躊躇顧慮。

7)人們甘心久困於患難之中，也就是為了這個緣故；

誰願意忍受人世的鞭撻和譏嘲、壓迫者的凌辱、傲慢者的冷眼、被輕蔑的愛情的慘痛、法律的遷延、官吏的橫暴和費盡辛勤所換來的小人的鄙視，

要是他只要用一柄小小的刀子，就可以清算他自己的一生？

8)誰願意負著這樣的重擔，在煩勞的生命的壓迫下呻吟流汗，

倘不是因為害怕不可知的死後，害怕那從來不曾有一個旅人回來過的神秘之國，

是它迷惑了我們的意志，使我們寧願忍受目前的折磨，

不敢向我們所不知道的痛苦飛去？

9)這樣，重重的顧慮使我們全變成了懦夫，

決心的赤熱的光彩，被審慎的思維蓋上了一層灰色，

偉大的事業在這一種考慮之下，

　　也會逆流而退，失去了行動的意義。

　　10)且慢！美麗的奧菲利婭！

　　——女神，在你的祈禱之中，不要忘記替我懺悔我的罪孽。[3]

10.2　文本講解、評論、與比較

　　莎士比亞劇作，其體制為以抑揚（輕重）五音步（iambic pentameter）為主體的無韻體（blank verse），也就是每詩行由五個抑揚（輕重）步構成，形成音律感，但行末沒有押韻，故稱為無韻體。如雅克慎所言，詩歌的定義是不可翻譯，即預言出莎劇翻譯之難度，其抑揚節奏無法在中譯裏複製，也就是其不可翻譯性所在。開首的「to be, or not to be」又含攝著另一個不可翻譯性，也就是語彙結構上的不可逾越：中文沒有英文由「to」引領的「不定詞」，而「to」所含有的朝向未來的動感，無法在中文語彙，甚至語法上譯出。接著，「to be, or not to be」，其語意含有極高的不可破解的模稜性，構成中譯上的極大障礙。就翻譯更高的語言系統層面而言，中英文不是近親語言，像英法等源自印歐語系的近親語言，「to be, or not to be」這樣的子句，這就完全不是問題，不存在不可翻譯性。所以，中英翻譯其難度是先天注定，翻譯者必須接受這個挑戰，在重重困難裏創意地突破。雖說翻譯是在兩個語言系統上找其差異上的對等，但在這「to be, or not to be」的場合裏，其「差異」太重要了，不能泯滅不

---

[3]　今見朱生豪譯，《莎士比亞全集》（臺北：國家，1982）。

顧。無論是梁譯的「活著，還是不活著」，或者朱譯的「生存還是毀滅」，兩者與原著對等中的「差異」，幾乎是無法接受的。順便說一下，梁朱兩者在此都是「意譯」，「意譯」在原文本的關鍵地方，其不足就顯露出來了。

「to be, or not to be」中的不定詞「to be」，關切的是「存在」的層面，而整個片語甚至可看作是一種古典的「存在主義」的思維。從長遠的哲學傳統來說，「to be, or not to be」回響著古希臘的爭辯，也就是柏拉圖（Plato）的永恆世界（World of Being）與亞里斯多德（Aristotle）變易的世界（World of Becoming）形而上學的論辯，萬物繼續永恆存在還是在不斷變易中。在王子這獨白裏，其結構為哲學的思考（也就是評論家津津樂道的莎劇底人類通性特質所在），轉折到人生的兩難思考，是消極的忍受，還是積極的對命運抗衡；再轉折到一刀自刎以了斷的可能選擇；再轉折到以夢為喻的死後的思考，什麼的夢，什麼死後的世界我們會面對呢？於是，文本中就出現同樣常為人所引用的名句「ay, there's the rub.」（噢，顧慮就在這裏！）。於是，獨白就順勢而下，說由於這顧慮使到我們不敢下手，而忍受各種人間的折磨：「誰願意忍受人世的鞭撻和譏嘲、壓迫者的淩辱、傲慢者的冷眼、被輕蔑的愛情的慘痛、法律的遷延、官吏的橫暴和費盡辛勤所換來的小人的鄙視？」（梁譯），而這人間折磨的描寫，又回到了莎劇的另一品質，那就是我們認同的生命經驗，而這生命經驗的特質，是英國的，也是普遍性的，這就是莎劇中難能可貴的把普遍性與地方性融合的特質。接著，又轉折到另一哲學的沉思：思想與行動的關係。結論是王子的感嘆：太多的思維蒼白了（軟弱了）我們的行動！有趣的是，獨白的結尾，

不再是沉思，而是一個似乎是歧出的抒情的聲音，懇求他的情人為他祈禱：「小聲些！美貌的奧菲里阿？——仙女，你在祈禱裏別忘了代我懺悔。」為什麼要滅罪消愆？王子犯了什麼罪愆？且聽下面分解。[4]

　　上面的文本閱讀，是翻譯與評論的前提。最要的是，在這獨白裏，王子心裏（意識）想著什麼？他的潛意識有可能想著什麼？這就牽涉到文本深層次的詮釋，也是決定翻譯者的取向。由於它的不定詞結構及模棱性，「to be, or not to be」先天注定幾乎無法中譯，只能勉強為之。玄奘翻譯梵文佛經為漢語時，提出五不譯之說，其中之兩類所涉為單詞，以兩語言間在哲學以及植物品名等實無對等詞語之故。這裏，「to be, or not to be」也可稱為第六種的不譯，根源於語法的不相容，並涉及玄奘五不譯中的哲學概念及多義。更複雜的是，「to be, or not to be」不是單語，可以如中譯佛經般用音譯來處理。音譯以外，還有什麼方法？我的建議是：不可譯性的字面譯。即譯為「存在，還是不存在」。這與「可譯性」中的「字面譯」表面相同，但實質不同，蓋後者的「字面譯」只是剛好對等的、不費心的、沒有創意的、從源頭語過渡到目標語而已。「不可譯性」的「字面譯」，讓原文直接呈現自己，讓目標語讀者就像源頭語讀者那樣面對文本，自己得主動詮釋文本。法譯對這莎翁名句就是字面譯，譯作 *"être ou ne pas être"*，讓目標語（法語）讀者直接面對原文文本

4　以前研究莎士比亞作品，需花很多精力搜集資料。現在一本好的編本在手，基本資料與批評觀點都大底具備，這有便於文本閱讀之進行。筆者比較習慣牛津大學出版的哈姆雷特：William Shakespeare, *Hamlet*, edited by George R. Hibbard (Oxford : Oxford University Press, 2008).

去了解，不作解釋。當然，也可以在譯文之餘，來個注解，以便瞭解。梁實秋對其初譯修訂為「死後，存在，還是不存在」，讀者容易瞭解，容易與下文相連接，但仍把原莎翁形而上學的沉思，窄化為死亡的思考。筆者心中原來的譯文就是「存在，還是不存在」，現在如果要沿著梁氏加字的方向，我會建議翻為「萬物，存在，還是不存在」。老子說，「道生一，一生二，二生三，三生萬物」，也是形而上的思維，故選用「萬物」，與莎翁原著比較接近。無論如何，「存在，還是不存在」，由於中文沒有不定詞，不定詞「to be」所含有的指向未來的動向感，還是無法翻譯出來。

　　為什麼要滅罪消愆？讓我們回到「文本」詮釋一下。首先，自殺在基督教文化裏，是一種罪愆。但在王子的沉思裏，也同時想到要手刃叔父以報父仇，那就還犯了他殺罪。更複雜的是，經由被殺，叔父的罪愆也許獲得消解。這纏結的思維，很可能就是這獨白，這沉思背後的動力，並觸發對生死，對人間困苦，對主動與被動，對行動與思維的思考。王子沉思後的抒情的懇求，請愛人在祈禱中為他即將要犯的自殺與他殺，滅罪消愆。

　　接著「文本」詮釋及首句「to be, or not to be」的翻譯問題之後，相對而言，面對的就是一般的翻譯場景了。現在我們就用已有的翻譯理念對梁譯與朱譯的評述與比較了。首句前已詳論，不贅。朱譯「生存還是毀滅」，語意不清，而「值得考慮」為外加，削減了原句的力道。第二句，梁氏把「noble」譯作「英雄氣概」，朱直接譯為「高貴」，比較能表達內在的層面。梁氏用「矢石」翻譯「slings and arrows」貼近原來的比喻，也比較典雅，但由於原比喻源於西方文化，「矢石」一詞或會對中文讀者

在「達」方面的不便。朱氏譯作「肆虐的毒劍」，換了不同的喻況，但「毒箭」似乎強了些。梁氏把「a sea of troubles」譯作「滔天的恨事」，梁氏則譯作「人世無涯的苦難」，各有千秋。當然，就文學翻譯而言，我們也可以保留原文的喻況手法，諸如譯作「大海般的煩憂」之類。同時，梁氏與朱氏都沒有遵循原文「take arms」的喻況來翻譯，而事實上直譯為「拿起武器」即可保有其原喻況，中文裏也通達無礙，何必枉路以求？第三句，「To die, to sleep – No more;」，無論梁譯或朱譯，都有點彆扭，原獨白沉思與略帶憂鬱的味道出不來，而原句的簡練也有所失去。這是比較難翻的句子，因為出色的句子會帶來翻譯上方的挑戰。拋磚引玉，我的試譯是「死了。睡去。萬事休。」第四句，梁譯與朱譯近似，不相上下。然而，梁氏的「萬千驚擾」，語義不清，而朱譯「其他」二字，實為多餘。第五句，梁氏與朱氏都翻譯甚好，但對「consummation」一詞，梁氏省掉不譯，而朱譯為「結局」。「consummation」一詞，中世紀英語有完成與完美之義（另有交媾以完婚之義，應與此無關），而以後引申為結局與死亡之義。第六句，梁譯與朱譯近似，梁譯「捐棄塵世」比較典雅，但朱譯「擺脫了這一具朽腐的皮囊」，切近了原來的語言。同時，無論梁譯「這卻不可不加思索」或梁譯「那不能不使我們躊躇顧慮」，都未能重造原文「Must give us pause」中「must」與「pause」的力道與戛然而止的韻味。第七句，句子領首的子句，梁氏翻譯得有點彆扭，而朱氏則漏翻，不妨簡練譯為：就是這個原因，讓生命的痛苦如此長壽連綿。其餘的部分，梁譯與朱譯都非常出色，兼具信達雅，雖然「bodkin」如譯作「匕首」會更好些。第八句，梁氏與朱氏譯文皆不俗，兩者在選

字上略見差異。梁氏的「負擔」與「厭倦」偏於心理層面，不若朱氏的「重擔」與「勞苦」之切近原著；梁氏的「異鄉」與朱氏的「神祕之國家」，皆具創意，各有千秋。「puzzles the will」比較難翻譯，兩氏皆把「puzzles」譯作「迷惑」，也許譯作「困惑」比較切合些。第九句，「Thus conscience」的含義有點不好抓，梁譯為「自我意識」偏向直譯，朱氏譯為「重重顧慮」偏向意譯。另一值得探討的地方是「the native hue of resolution/ Is sicklied」的翻譯，這裏牽涉到兩氏對顏色象徵的選擇：意志是什麼顏色的呢？梁簡譯為「血性」，而朱譯為「決心的赤熱的光彩」。其實，我們也不妨回到原文的句法，翻為「意志底健康天然的顏色變為枯槁」（按：梁氏與朱氏都不約而同地翻譯為形容詞的灰色，而原文是動詞形態的 is sicklied）。第十句，也就是獨白中最後的一句，歧出了沉思的格局，是王子對愛人的獨語。梁氏把「Soft you now!」譯為「輕聲點」，而朱氏不譯出而改用轉折詞「且慢」以作承接。「nymph」梁氏翻作「仙女」，朱氏翻作「女神」，皆可。為了不產生誤解為向神界祈求之故，我們也不妨翻譯為「我心中的女神啊！」，以增強說話人（王子）與受話人（奧菲利亞）的直接關係。

　　總結來說，莎翁這段王子的獨白，在語言風格上，與英語的語法特性緊合而不可分，故特難以中文譯出。在文理章法上，沿著二元格局發展而波瀾起伏，在語意內涵上，知情合一而深沉多義，可謂劇中最隱秀之處，無可避免地成為翻譯者最大的挑戰。梁氏與朱氏之翻譯，從上面的分析，略有不足，殊不足怪。兩譯相較，各有千秋，於某處梁氏或勝一籌，而與他處，則朱氏稍勝。我們需注意，梁氏與朱氏所譯為莎士比亞全集，當然無法全

心投入所有章節中，而皆始於三十年代，翻譯未臻成熟，亦為當然。然而，就整部全集而言，梁氏與朱氏之翻譯，已是難能可貴，莎士比亞原集中較易翻譯者，如《李爾王》，兩氏之翻譯，皆非常出色。

第十一講　譯評之二：論介理雅各與龐德的《詩經》英譯

　　在 1958 年袁同禮編的《西方論著中國書目》一書中，提到的詩經全英譯本有五：其一是理雅各（James Legge, 1815-1897）譯的 *The Book of Poetry*（1876 年初版於倫敦；1931 年上海 Chinese Book Company 重印）；其二是 L. Cranmer-Byng 譯的 *Book of Odes*（1972 年出版於倫敦）；其三是亞瑟・偉雷（Arthur Waley, 1889-1966）譯的 *The Book of Songs*（1937 年初版於倫敦，1952 年再版）；其四是高本漢（Karlgren Berhard, 1889-1978）譯的 *The Book of Odes*（1950 年重印自瑞典斯德哥爾摩遠東古物館學報。此書有中文原文，韻腳中的音特別以斜體字括號標出）；其五是龐德（Ezra Pound, 1885-1972）譯的 *The Confucian Odes*（又名 *The Classic Anthology Defined By Confucius*；1954 年哈佛大學出版部出版）。上述五譯本中，以理雅各為最早，是採取直譯的方式，務求準確；龐德的譯作，最有創作性，與理雅各剛相反，追求詩情，不惜重寫。因此，本文對這兩篇風格迥異的譯本分別作一介紹，以見詩經英譯的大概。

11.1　論理雅各（James Legge）的中譯

　　作者理雅各對中國古典文學有很深的學養，在翻譯詩經以前，已譯有《論語》、《大學》、《中庸》、《孟子》、《尚書》等五種；《詩經》以後，譯有《春秋》及《左傳》，合為八種；總名為 *The Chinese Classics*。據作者自序，他翻譯《詩經》時，身在香港；譯稿曾經水難，曾一度延期，因此亦得以重改的機會，精益求精。作者自謂對詩中蟲魚鳥獸的譯名用功最深。他又自謂：「這一次的翻譯，希望能給學者們目為最忠於原書的譯本」，從此可見他的譯書態度及信心。原書中英對照，除了譯文外，尚有一篇很長的〈緒論〉，詩下有註解，書後有〈索引〉，足見其用功之勤。〈緒論〉特別值得一提，一共分為五節。第一節是《詩經》的早期歷史及今日的版本，第二節是《詩經》的編纂、註家、大小序（大小序全翻為英文），第三節是《詩經》的韻律學、古音及藝術價值，第四節是《詩經》地理及當時的宗教、社會情形（並附錄了 M. Edouard Biot 的〈從《詩經》看中國古代的風俗習慣〉一文），第五節是主要參考書目。從這篇〈緒論〉中，確實見出他的詩經學造詣，並非泛泛之輩。

　　如上面作者自序所說的，他的要求是對原文的忠實，是翻譯的準確性，這點，他確實做到了。如：

> The bream is showing its tail all red;
> The royal House is like a blazing fire.
> Though it be like a blazing fire,
> Your parents are very near.

　　魴魚頳尾

　　王室如燬

　　雖則如燬

　　父母孔邇（〈汝墳〉）

　　此節詩中，作者翻譯得非常貼近原文意思，幾乎是逐字翻譯。兩次「如燬」，都同時譯作「like a blazing fire」，和原詩一樣，有「重沓」的效果。

　　整篇的英文翻譯風格有押韻，後三句字尾 fire, fire, near，讀起來很順暢，但整體而言，節奏還是比不上中文詩。

　　中國原詩為簡賅的四言句，譯成英文卻變為很多字，變成較長的句子，因為漢語及漢詩濃度、密度高。詩是很難翻譯的，有時候濃度高的語言與精妙的詩意，翻成英文時，有如泡開水般沖淡了。

　　又如：

Small are those starlets,

Three or five of them in the east

Swiftly by night we go;

　　嘒彼小星

　　三五在東

　　肅肅宵征（〈小星〉）

　　這確實是準確精細的翻譯了。嘒，毛傳：微貌。譯者就翻作

starlets；不翻作 stars，以覺其小。蕭蕭，毛傳：疾貌。譯者就翻作 Swiftly，一點都不馬虎。其他的字，如彼、三、五、東、宜、征，都是一字譯一字，非常盡責。從「忠於原文」的立場來說，該英譯可以說是做到了。誠然，這節翻得不錯，節奏蠻好的。中文「蕭蕭」屬連綿字，基本上不能翻譯（不可譯性），雖然是無法翻譯，但作者用 swift 此字，算是翻得很好，因為 swift 的聲音，給人有很快的感覺，尤其 i 是短促的音節，更加深此效果。這就是所謂語言象徵。當然，如果我們翻譯為 "swiftly-swiftly by night we go"，把 swiftly 重複，更能把握住「連綿字」的感覺。這種傳統的翻譯，不會打破英語的句法來翻它，而現代翻譯可能為了要保持原來連綿字的感覺就會用 swift-swift 這種較大膽的翻法。

從理雅各的譯作可知，翻譯者會依本身所依賴的文類／文體來翻譯，會依其心目中的英文應該怎麼樣來翻。像理雅各翻譯《詩經》是用屬標準英國的風格來翻譯，也就是用詞、句法皆簡單、準確、不囉唆。

因此翻譯者翻譯作品時往往受到他本身個人風格及在當時所依循的文體規範來翻譯，也就是會受到時代背景、學養、經驗的影響。所以，從翻譯作品來看，不同時代有不同翻譯的產生，此也反映出當時時代語言（美學）風格，文學規範。我們可以比較不同時代的翻譯從作品中發現不同的文學語言規範。

然而，像翻譯《詩經》這樣的經典，學術要求就成為必要的挑戰了。事實上，在學術的立場來說，就理雅各的整部《詩經》英譯而言，仍有先天不足的地方。最重要的有兩項，一是譯者自作聰明的新解，恐怕不能獲得我們的認同；二是譯者譯於 1876

年，距今差不多一百年了，詩學有了長足的進步，當時的錯誤，作者沒法更正，近人的新解，作者沒法收入。

先論第一項，如〈葛覃〉：

I have told the matron,

Who will announce that I am going to see my parents.

I will wash my private clothes clean.

And I will rinse my robes.

Which need to be rinsed, and which do not?

I am going back to visit my parents.

言告師氏

言告言歸

薄污我私

薄澣我衣

害澣害否

歸寧父母

第一個「歸」字，一向都解作「出嫁」，譯者卻把它解作回家看父母。譯者也知道「歸」字的傳統解釋是「出嫁」，但他認為末句的「歸」字是回家，所以他便把首句的「歸」字也解作「回家」。理雅各的解譯是這樣的：「毛傳根據他對詩經通盤解釋，把（第一個）歸字解作出嫁，但我們認為它與末句的歸字同義」。於是，就產生錯誤了。原來，「歸寧」的「歸」為出嫁「出嫁」的意思，「歸寧」是「出嫁以安父母之心」的意思。

（一般人把「歸寧」看做複詞，解作出嫁後回娘家，誤。）理雅各把「歸」字解作「歸家」，是錯誤的新解。

此外，「言」，根據胡適的看法，是詞頭，無義。這裏的「師」，指的是「保母」的意思。「薄」亦為詞頭，無義。「污」和「澣」原意皆為「污髒」；這裏是「反訓」的用法[1]，意思相反，即「洗去髒污」之意。「害」與現代語「何」同義。這麼複雜的詞義，除「言」字外，理雅各都把握得很好，真有漢學家的功力。「言」字的正解，來自胡適的力作〈詩經言字解〉，理雅各當然無緣得知了。但 "the matron, Who will announce that I am going to..."（保母公告她將要歸寧）又是錯誤的新解了。這回的添加枝葉很有意思：將英國貴族習慣移植過來產生誤用，原詩並沒有婚事由保母公告這一個程序；當然，我們也可以看作是翻譯的本土化的例子。

再說第二項，如〈女曰雞鳴〉，

Says the wife, 'It is cock-crow;'
Says the husband, 'It is grey dawn.'
'Rise, Sir, and look at the night, –
If the morning star be not shining.

女曰雞鳴
士曰昧旦

1　所謂「反訓」，就是作與原意相反的解釋。《離騷》結尾的「亂曰」，即為經典的例子。注謂「亂」，「理」也，也就是把東西「理好」之意。所謂「亂曰」，就是整理全篇的結語之意。

子興視夜

明星有爛

　　詩中的「士」，譯者翻作「丈夫」。鄭箋：「此夫婦相警覺以夙興，此不留色也」。譯者大概根據於此。屈萬里引《荀子》謂：「未婚夫謂之士，義見荀子」，認為詩中的「士」是未婚夫，並非丈夫。我在《國風解題》中亦引證他篇及古禮證明「士」是指未婚夫。此外如〈將仲子〉篇，譯者把「仲子」譯作 Mr. Chung，是不入味的翻譯，用 Mr. 來稱呼，多麼不親切，不知「仲」字並非名字，而只表示排行（伯仲叔季是也），這是男女親密的稱呼法，可翻作白話「二哥哥」。這些都是由於出版時期早所不能避免的缺憾。

　　除了上述的學術上的缺點中，由於譯者用的是「直譯法」，也帶來了「直譯法」本身所不能逃避的缺點，尤其是藝術性為主導的詩篇，會失去了原來的韻味，詩意頓失。試以〈溱洧〉一詩節翻譯為例：

Beyond the *Wei*,

The ground is large and fit for pleasure.

So the gentlemen and ladies.

Make sport together

Presenting one another with small peonies.

洧之外

洵訏且樂

> 維士與女
> 伊其相謔
> 贈之以勺藥（〈溱洧〉）

　　原詩是非常輕快有韻味的，三、四、五言雜用，非常活潑；樂、謔、藥押韻，尤其是謔藥緊接著用韻，有調謔的韻味。翻成英文以後，所有的節奏都失去了；而英譯的本身不但不能保持原有節奏，詩中的傳神處，也沒法翻出來。譯者把「樂」字翻作「fit for pleasure」（適於歡樂），或為了配合「ground」之故，也未免太死板了。另外，加上連接詞「so」，更把詩中的跳躍性完全喪失了。因為譯者非詩人，他只做到了譯的準確性，但卻無能把它譯成「詩」。

　　理雅各的譯作，雖然有上述的誤失與缺點，但筆者認為他有一大佳處，就是這種直譯法，有助於「對讀」，對一些中文不能了解準確，但有相當閱讀能力的外國人來說，對著中英文來讀，可透過英文了解中文，從中文去欣賞詩趣。所以我認為此書的最大佳處，是適用於「對讀」。

11.2　論龐德（Ezra Pound）的中譯

　　龐德翻譯的詩則不同於理雅各，譯詩是完全被重新創造的。翻譯有兩個極端，即「信」（絕對忠實原文，甚至逐字逐句翻）與「達」的極端（重新創造一首詩）。然而，「忠」究竟是什麼樣的「忠」，是字面上的「忠」，還是重造之後的「忠」？誠然，龐德的譯風和理雅各完全站在相反的位置。我們絕對不能以

直譯的態度來看，否則一定啼笑皆非；我們也不宜以學術的眼光來看，否則有時候也像走錯了門（當然，他的譯作也非毫無根據，有時有他的創見，此創見甚至能應付得了學術眼光的要求）；讀他的譯作，最宜以「讀詩」的態度，讀它、欣賞它，讓詩意流入心間，並約莫地把握周朝民間歌謠的情調（指「國風」言）及其他詩感。書前有一篇韓籍漢學家方志彤（Achilles Fang）的〈序〉，可看作龐德譯作的態度及理論基礎。序者首先提出：「不幸地，許多起溫剝洗的工作尚未完成，我們目前還不能對詩有滿意的認識。所以，所有的翻譯者都得勇於下筆，翻譯者往往也得作註解者」。這第一個態度，是說譯者得加以新的解釋，使全詩貫通。序者繼續提出：「《詩經》的翻譯者，也得遭受另一種困難：中國的學者們從沒有告訴他《詩經》裏的詩學與詩情。雖然近人俞平伯和朱自清提供了許多觀念，使我們能把《詩經》看作詩，但翻譯者仍得依照自己的需要而加以改動」。這是第二個態度，是說譯者須把《詩經》譯作「詩」，要保持詩的因素，就不能不作一番調整。總結這兩點，序者引用了詩人Rossetti 的話：「斬斷一些死結，作貫通性的主脈決定」。以上，我們可認作是龐德的譯作態度。

　　方志彤的話有其價值，所說的「詩學」、「詩情」，甚至超過我們以前所說的神韻，而龐德卻可以捉住詩經時代的詩學與詩情而重新創作，表現得非常出色。另外，以前幾乎沒有人討論《詩經》的藝術，只有俞平伯和朱自清有提過，所以翻譯者基本上是沒有任何依據的，必須要靠自己的靈感、直覺與領悟能力創造，只有大詩人能做到，而大師龐德表現尤為傑出。但也只是偶然做到而已，大部分的翻譯作品還是不盡理想的。

　　大致說來，在其翻譯優異的部分，龐德翻譯《詩經》時掌握住三個重點：1、掌握《詩經》的流動之美。《詩經》的押韻跟唐詩一樣，是雙句（二、四、六、八句）句尾押韻，所以有流動的美感。龐德著重於節奏（rhythm），而不是押韻（rhyme）。2、掌握《詩經》的重沓（重複）、流轉之美。因為《詩經》國風部分原為地方民謠，所以音節、節奏、押韻等往往都會重複。像是「揚州三疊」也是重複三次。3、掌握象形文字的美學。龐德以現代詩的手法重新創造各意象之間的互相關聯、創造了節奏的流動、創造了重沓的風格，而不比原詩遜色，甚至表現更佳。

　　在沒有討論龐德的譯作時，我們從他某些特殊的安排，可看出他對《詩經》的觀念。他把十五〈國風〉看作歌謠，這沒什麼特別，但他把每篇的篇名均去掉，也許他認為這本身不是詩題，是後人強加的。〈小雅〉，傳統都分為七輯，但他卻把它分為八輯，但看不出特別的用意來。〈大雅〉和〈頌〉的編排一樣；但他仍然認為〈商頌〉是最早的詩，竟然不相信王國維的考證（王氏認為〈商頌〉是春秋時期的宋詩，宋人為殷商之後裔），不知他所據為何了。

　　現在我們看他的譯作特色，例如〈葛覃〉：

> Shade o' the vine,
> Deep o' the vale,
> Thick of the leaf,
> the bright bird flies
> singing, the orioles
> gather on swamp tree boles.

Shade of the vine,

Deep o' the vale,

Dark o' the leaf

here 'neath our toil

to cut and boil

Stem into cloth, thick or fine

No man shall wear out mine.

Tell my nurse to say I'll come,

Here's the wash and here's the rinse,

Here's the cloth I've worn out since,

Father an' mother, I'm coming home.

葛之覃兮

施于中谷△（段氏三部）

維葉萋萋▲（段氏十五部）

黃鳥于飛　　（雖與萋同韻，但並非押韻）

集于灌木△（段氏三部）

其鳴喈喈▲（段氏十五部）

葛之覃兮

施于中谷

維葉莫莫△（段氏五部）

是刈是濩△（段氏五部）

為絺為綌△（段氏五部）

　　服之無斁△（段氏五部）

　　言告師氏（雖然與私同韻，但並非押韻）
　　言告言歸
　　薄污我私△（段氏十五部）
　　薄澣我衣△（段氏十五部）
　　害澣害否▲（段氏一部上聲）
　　歸寧父母▲（段氏一部上聲）
　　（按：三角符號及韻部為筆者根據段玉裁的韻部分類所
　　加）

　　原作和譯作，形式是大大不同的。就分章來說，兩者都是三
章；但原作三章均六句，而譯作一章六行，二章七行，三章四
行。韻律方面，原作首章是二五（谷木）、三六（薑嗜）押韻，
二章是三四五六押韻，三章是三四（私衣）五六（否母）押韻，
韻律是相當活潑有變化的。譯作第一章押韻不甚明顯，五六結尾
均是 -oles，一四句主要元音皆是 i。二章韻律清晰，四五句押
-oil，六七句押 -line，第三章一四押 -ome，二三押 -ince，足見
非常活潑有變化的。所以，英譯雖非與原作同樣的韻律，但同樣
有韻律，同樣有變化。原作一、二章是迴環型，雖然譯作是首章
六行，二章七行，但同樣是迴環型，首章及二章都用了「Shade
o' the vine/ Deep o' the vale/ Thick of the leaf」作開首；並且譯者
把其中「of」的樣式做變化，首章寫作 o'/ o'/ of 而二章則為 of/
o' /o'，足見譯者的用心。根據上述的抽樣分析，我們不難了解
龐德的譯作，雖然用了意譯，改變了許多；但對於韻律的要求，

非常下功夫，把握節奏，使成為可讀的歌謠，這是他的成功處。當然，龐德的譯作，並非每首都做到這個地步，但最少是他翻譯的態度，並且也是成功的。至於這種譯法的學術理論，我們可認為：《詩經》國風既是民謠，並且是從「方言」（地方語言）譯為「雅言」（官方語言），已失去了本來面目，那麼，這種試圖追求原韻律，把握民謠特色，加以創造，未嘗不是可行的。當然，這種努力，不太可能真的能把握原韻律，但最少可保有歌謠的特有韻律，而不是死板的詩就是了。艾略特（T. S. Eliot）稱讚龐德為「我們當代重新發現中國詩的人」，也並非完全無據的了。他能夠有這種成就，主要是基於他本身的天才，他本身是詩人，而且他是一個詩體家，善用他的技巧，才能翻出如此美好的詩篇。

　　當然，龐德也有他的缺點，主要的是：他仍然有許多對原文認識上的偏差，如理雅各對「歸」、「仲子」等誤解，他仍然承繼了下來；這對於一個非漢學家來說，是很難避免的吧！但他也有一些好的見解，如〈卷耳〉篇：

> 采采卷耳
> 不盈頃筐
> 嗟我懷人
> 置彼周行
> 陟彼崔嵬
> 我馬虺隤
> …………

　　傳統的釋解，如朱熹、方玉潤皆把此詩解作思婦之情，以為首章是實寫，二章以後是虛寫，及至俞平伯意見又相反，以為二章以後是實寫，首章是虛寫，是役人思家的詩。所謂虛寫，是指主角在思念中的想像，想像對方當下的情境。龐德則採取雙角色的手法，以 She 作為首章的主角，以 He 作為二章以後的主角，是採取對唱的方式，這個見解相當出色，因為歌謠往往是採取對唱方式的；事實上，對唱的見解朱熹已曾提出。

　　最創意、也是最有爭議的，最值得討論的，應該是他的〈關雎〉英譯了。讓我們先把全詩對照如下：

	關雎
"Hid! Hid!" the fish-hawk saith, by isle in Ho the fish-hawk saith: 　　"Dark and clear, 　　Dark and clear, So shall be the prince's fere."	關關雎鳩， 在河之洲。 窈窕淑女， 君子好逑。
Clear as the stream her modesty; As neath dark boughs her secrecy, 　　reed against reed 　　tall on slight as the stream moves left and right, 　　dark and clear, 　　dark and clear,	參差荇菜， 左右流之。 窈窕淑女， 寤寐求之。

To seek and not find as a dream in his mind, 　　think how her robe should be, 　　distantly, to toss and turn, 　　to toss and turn.	求之不得， 寤寐思服。 悠哉悠哉， 輾轉反側。
High reed caught in *ts'ai* grass 　　so deep her secrecy; lute sound in lute sound is caught, 　　touching, passing, left and right. Bang the gong of her delight. 　　(Translated by Ezra Pound)	參差荇菜，左右采之。 窈窕淑女，琴瑟友之。 參差荇菜，左右芼之。 窈窕淑女，鐘鼓樂之。 ～《詩經》周南～

　　龐德的譯作，由於追求歌謠的韻律，有時太破壞了原詩的體制，尤其是首章。誰敢相信這是〈關雎〉的首章呢？「Dark」和「Clear」是龐德在詩裏創造出來的一對相對立的「母題」（motif），經由「重複」的技巧，以及和「fere」的押韻，富民謠迴旋的韻味。同時，譯詩裏接著的兩章，即沿著這兩個對立的母題而發揮，非常出色。這對「母題」也許是龐德從「窈窕」的創意發揮，與他心目中的「淑女」形象連接；同時，「Dark and Clear」、「Dark and Clear」的「重複」，與關雎鳥的和鳴，似乎也有著幽微的關係，以音色摹狀、讚頌著少女的窈窕美貌，雖然他以把關雎鳥的叫聲翻作「Hid, Hid」，聲音有點醜陋。「窈窕」本為幽深之意，龐德用「dark and clear」來翻譯、詮釋「窈窕」，「dark」有嫻靜幽深之寓意，「clear」有落落大方之寓

意，表示一個人既嫻靜幽深而又落落大方，兩者得宜。

　　二章首句「Clear as the stream her modesty」表示少女嫻靜卻又落落大方。「Clear as the stream」表示很清朗、落落大方有如水流一般，而「modesty」表示其含蓄、矜持的本質。接著，「As neath dark boughs her secrecy」，他用「secrecy」來形容女子的神秘與幽深。他創造的喻況很特殊，她的神秘有如隱藏於黑色幽深的大樹枝底面。龐德將少女如何窈窕加以創意發揮，加入原詩沒有的「神秘」，並將窈窕的幽深之意比喻成黑色幽深的大樹枝底面，以讓讀者感受其幽深的感覺。

　　接著龐德用「reed against reed」，水草一株靠著一株，將水草的景象巧妙地傳達給讀者。「tall on slight」，意指水草很高且很輕。而下一句中「moves left and right」，因水流而左右流動，摹擬出流動之美。

　　四段結尾，龐德用「to toss and turn, to toss and turn」，表現原詩的「輾轉反側」，「to toss and turn」一子句的「重複」，將「輾轉」作了語言視覺上極佳的詮釋。

　　末節首句「High reed caught in *ts'ai* grass」中，龐德對「荇」草的翻譯出了錯誤。*ts'ai* 應為「草」的音譯，多加「grass」字於後，不宜。而「lute sound in lute sound is caught, touching, passing, left and right」，意指琴瑟的聲音接著琴瑟的聲音，生動地烘托出整個音樂場景的感覺。對西方的讀者而言，自莎士比亞十四行詩以來，以「琴」為女性身體而「彈琴」為「愛撫」的象徵已成立。這裏，龐德引進了西方的象徵傳統，「touching, passing, left and right」就富有情色的韻味了。

　　最後以「bang the gong of her delight」（敲鑼）作結尾。在

結構上雖有創意，但違背了原詩的文化層面：代表天子諸侯身分的鐘鼓不見了[2]，而代之以鑼。也許，龐德以民間歌謠視之；也許，在國外，龐德或無緣見到鐘鼓，卻常見中國城裏舞獅舞龍的敲鑼聲聲。如果真如此，那就太神來之筆了。

11.3　結語

　　綜合上述的分析，我們認為理雅各的英譯，是直譯的朝向，最忠實於原文；並且，有〈註解〉有〈緒論〉，是最有學術味的。它的缺點是他有時增入了個人對《詩經》的不穩妥的解釋，並且此書太老，許多詩經學上錯誤的詮釋沒法更正，許多新見解沒法收入。並且，譯作忠實原著，雖迭有佳譯，但整體來說，原作的韻律往往失去，詩的韻味也不復。這本書除了翻譯的一般功能，讓不懂中文的讀者能夠接觸《詩經》外，因其為直譯的典範，可有特別的用途，是有助於略讀中文的外國人，作「對讀」之用，憑此了解艱深的中國古典，從原文直接欣賞。龐德的譯作，是創作性的，是認定《詩經》的原身是詩，是歌謠，譯時務求有歌謠味，有詩味；尤其是歌謠部分，創作性更強，因為《詩經》的歌謠，本經過譯為「雅言」的階段。他這種試圖以歌謠形式翻〈國風〉，來追求原韻律的努力，是可以成立的。但它缺乏「對讀」的可能，學術性無法要求，因為他對原詩的體制破壞太甚了。但它能給我們詩的感受，讀他的譯作，能隱隱約約地把握到《詩經》創寫時代的脈跳。總之，兩部譯作各有其價值，不可

---

[2]　王國維〈釋樂次〉謂：「金奏之樂，天子諸侯用鐘鼓，大夫鼓而已」。

偏廢，但兩者仍有求進的空間。前者可打破直譯，而追求詩的表達；後者，可避免原體制的大破壞；但這就得更大的天才與耐心不可了。[3]

第十二講　譯本導讀:
爲朱生豪所譯《莎士比亞全集》
臺北國家書局版而寫

12.1　莎翁的文學價值

　　莎士比亞(Shakespeare, 1561-1616)向被譽爲英語世界裏最偉大的詩人戲劇家,也似乎被默認爲全世界最享盛名的文學家。要讚美、描繪這麼一個偉大的作家,確是難乎其難,真有點像孔門弟子讚美孔夫子所說的:「仰之彌高」。雖然「夫子之牆數仞」,不易窺其「宗廟之美」,但話似矛盾,因爲幾千年的歷史證實了孔子哲言的可讀性與普遍性,能爲任何人所領略、體認。莎翁的情形也類似如此。正如莎翁權威之一的哈爾遜(G. B. Harrison)所言,「只要有著些少的準備,任何具有智力的讀者都可以欣賞莎翁的作品」[1]。是的,莎翁的作品,就像一座蘊藏豐富的寶山,任何一個讀者,只要有著耐心、有著虔誠,都不會

---

[1]　G. B. Harrison, ed., *Shakespeare: the Complete Works* (New York: Harcourt, Brace, 1952). 按:其所編莎士比亞全集爲權威版本,引文見其緒論。

入寶山而空手回的。

　　雖然莎翁的偉大不易形容，而任一形容都不免把其多面性加以侷限；然而，「不著一字」而「盡得」的「風流」，也未免讓批評家有交白卷之嫌；那就讓我們徵引前述莎翁權威哈爾遜夜度寶山後的發現，共饗讀者如下：

> 莎翁是所有文學家中最具智慧、最具普遍性的一位。他的了悟力與同情心皆出於一般作家之上。他窺見人性的全貌並加以重創，故無論讀者屬於那一種類型、那一個國家、那一種文化規範、那一個世紀，都可以了解莎翁的作品。他對人性的了解雖比任何人深入，但這並不使他成為嘲弄人生或帶淚的哲學家。相反的，他對生命充滿著熱愛，因此，他避開對世間給予道德的判斷，因為這些判斷都不免把人間的豐富加以侷限。當我們讀莎翁作品時，我們會發覺在劇中我們正與我們的生活經驗相遇；我們會驚異某些神來之筆，竟表達了我們誤以為只屬於我們的思維之深處。我們常常發覺，沒有其他的句子能比莎翁的詩句更適合表達我們的歡娛、沮喪、閒適、愛與痛苦。莎翁的作品不斷地迫使我們回想我們生活裏的經驗，並為我們把這些經驗表達出來。讀莎翁的作品使我們得以對自己保持距離，並把我們的生命看作宇宙活動的一部分，就好像演員一樣，在人生的舞台上演出我們的七幕劇，並欣賞自己的演出。[2]

2　同上。

12.2　比較文學式的引介

像莎翁這樣偉大的作品當然得把它移植到中國來,讓它在這裏生根,豐富我們的土壤。然而,要把這樣的鉅著迻譯為中文,是非常艱巨的工作。朱譯的《莎士比亞全集》,是翻譯界的結晶,是朱生豪及其他名譯者集大成之作(該全集大部分為朱譯,小部分為其他名譯者所為,如十四行詩即由梁宗岱譯出)。同時,為了讀者閱讀之便,更由國內學者王秋桂、賴瑞和、王柏樟準備了劇情的簡介與提要。這一套全集中的最後一冊《莎士比亞戲劇故事集》,是根據莎翁戲劇原著散文式的重述,或亦有助於閱讀莎翁原著。莎翁的劇作,一如其同代伊麗莎白王朝的其他劇作家一樣,劇本主體是用無韻抑揚五步格(iambic pentameter)寫就,是屬於詩劇類(poetic drama),故翻譯甚難。如此龐大的十二巨冊(平裝為四十冊),原著又如此錯綜複雜的表達,因此我們閱讀朱譯時,我們無寧應採取寬諒與感謝的態度,而不宜過分的挑剔。

現在就讓我們面對這套莎翁中譯,讓我們成為中譯莎翁的中國讀者,像哈爾遜一樣,走進這迻譯了的寶山,就看我們如何反應、如何收穫。那就是說,讓我們把中譯莎翁放進輕量級的中西比較透視裏淺嚐即止。

〈哈姆萊特〉是家喻戶曉的莎氏名劇,而其中最為人一再誦讀不已的詩行是王子對生死沈思的獨白:

> 生存還是毀滅,這是一個值得考慮的問題。默然忍受命運的暴虐的毒箭,或是挺身反抗人世的無涯的苦難,通過掙

扎把它們掃清，這兩種行為，那一種更高貴？死了；睡著
了；什麼都完了；要是在這一種睡眠之中，我們心頭的創
痛，以及其他無數血肉之軀所不能避免的打擊，都可以從
此消失，那正是我們求之不得的結局。死了；睡著了；睡
著了也許會做夢；嗯，阻礙就在這兒，因為當我們擺脫了
這一具朽腐的皮囊以後，在那死的睡眠裏，究竟將要做些
什麼夢，那不能不使我們躊躇顧慮。

　　王子的沈思，雖或不及莊周「夢為蝴蝶」那樣引人遐思，然
而，它有它深沈的一面。蘇東坡說「世事一場大夢，人生幾度淒
涼」。死了，就好像一切都解脫了。王子的沈思，卻能更向前迫
進一步，追問死後是如何的一個領域，死後所面對的不可知而產
生的猶豫。袁枚在〈祭妹文〉裏追問死後之「有知無知」，或比
較接近王子的獨白。也許，死亡真不如我們以為的大解脫，因
為，「那死的睡眠裏」，我們不知道「究竟將要做些什麼夢」。
接著上面的「躊躇顧慮」，王子說：

人們甘心久困於患難之中，也就是為了這個緣故；誰願意
忍受人世的鞭撻和譏嘲、壓迫者的凌辱、傲慢者的冷眼、
被輕蔑的愛情的慘痛、法律的遷延、官吏的橫暴和費盡辛
勤所換來的小人的鄙視，要是他只要用一柄小小的刀子，
就可以清算他自己的人生？

　　在哈姆萊特的世界裏，「死為大解脫」這一最後保障式的權
利都成了疑問；人生的苦難是百劫不復的。李商隱曾說：「春蠶

到死絲方盡，蠟炬成灰淚始乾」。但在哈姆萊特的獨白裏，人的命運卻延伸於蠶死絲盡之外，沒有止境。在這獨白裏，在故事的結構裏，王子正沈思以自殺的手段來解決其痛苦，而其思想的廣延度卻遠超乎故事的範疇，而同時刻劃了現世間的不平與痛苦。由於這「躊躇顧慮」，在接著的獨白裏，王子又恨自己的缺乏行動，居然在父親被暗殺、母親被強娶的屈辱下而毫不採取行動。小小的一段獨白，卻在故事發展上、現實及思維世界裏如此豐富又緊湊在一起，莎翁的藝術成就可見一斑。

　　莎翁似乎對律師深惡痛絕。哈姆萊特在墓地裏，看到墳場工人把骷髏從墓坑裏一個接一個地丟出來時，自己思忖著：

> 又是一個：誰知道那不會是一個律師的骷髏？他的玩弄刀筆的手段、顛倒黑白的雄辯，現在都到哪兒去了？為什麼讓這個放肆的傢伙用齷齪的鐵鏟敲他的腦殼，不去控告他一個毆打罪？哼！這傢伙生前也許曾經買了許多地產，開口閉口用那些條文、具結、罰款、雙重保證、賠償一類的名詞嚇人；現在他的腦殼裏塞滿了泥土，這就算是他取得的罰款和最後的賠償了嗎？他的雙重保證人難道不能保他再多買點地皮，只給他留下和那種一式二份的契約同樣大小的一塊地面嗎？這個小木頭匣子，原來要裝他的土地的字據都恐怕裝不下，如今地主本人卻只能有這麼一點地盤，哈？

　　其中的冷嘲熱諷與幽默真是到家。中國的讀者，對此並不陌生，我們通俗文學裏的衙門老爺也有同工之妙：

一人曰：先生何來？

一人曰：頃與鄰家爭地界，訟於社公，先生老於幕府者，請揣其勝負？

一人笑曰：先生果真癡耶？夫勝負烏有常也？此事可使後訟者勝，詰先訟者曰：「彼不訟而爾訟，是爾興戎侵彼也」。可使先訟者勝，詰後訟者曰：「彼訟而爾不訟，是爾先侵彼，知理曲也」。可使後至者勝，詰先至者曰：「爾乘其未來而早佔之也」。可使先至者勝，詰後者曰：「久定之界，爾忽翻舊局，是爾無故生釁也」。[3]

　　莎劇裏常有膾炙人口、傳頌不已、任何人都可以欣賞的歌謠：

不要嘆氣，姑娘，不要嘆氣，

男人們都是些騙子，

一腳在岸上，一腳在海裏，

他天性裏朝三暮四。

不要嘆息，讓他們去，

你何必愁眉不展？

收起你的哀絲怨緒，

唱一曲清歌婉轉。

莫再悲吟，姑娘，莫再悲吟，

3　紀曉嵐《閱微草堂筆記》卷十八。

停住你沈重的哀音；

哪一個夏天不綠葉成蔭？

哪一個男子不負心？

不要嘆息，讓他們去，

你何必愁眉不展？

收起你的哀絲怨緒，

唱一曲清歌婉轉。（《無事生非》）

　　莎翁的作品是多面的。不要以為男人善變，沙翁在其他地方，卻說女子是最善變的東西。不要以為莎翁作品都只是負面的呈現，在表現愛情的詭變之餘，莎翁卻告訴我們：「愛不受時光的播弄，儘管紅顏和皓齒難免遭受時光的毒手」。（《十四行詩》之 112）

　　我們這裏無意介紹莎翁作品的全部及其偉大與豐富，我們在此只強調其可讀性，超越時空，在比較的角度裏更形出色。事實上，我們閱讀西方作品時，或濃或淡地，或明或暗地都不免置諸於比較的角度上，上面只是把這比較心態明朗化而已。從上面的例子裏，我們充分證明，面對著這中譯的莎翁，面對著這朱譯的莎士比亞全集，我們是可以引起共鳴的。[4]

---

[4]　原發表於《書的世界》，2 期，1982，頁 27-30。

附　錄

語言二軸與失語症之二型

雅克慎著‧古添洪譯

　　【譯者引言】雅克慎（Roman Jakoson）是國際上享有盛名的語言學家，他從語言學的範疇擴大至記號學（semiotics），並同時與語言學、記號學來探討詩學。他原是俄國文學理論上形式主義（Russian Formalism）的健將，是俄國柏拉克語言學會（Prague Linguistic Circle）的主要人物，後移居於美國。他深受歐洲記號學先驅也同時是結構語言學的奠基人瑟許（Ferdinand de Saussure, 1857-1913）的影響，其後又引進美國記號學先驅邏輯哲學家普爾斯（Charles S. Peirce, 1893-1914）的記號學，擴大了「記號」（sign）的領域。

　　雅克慎先後對失語症（*aphasia*）做了許多研究。他把失語症之二型與瑟許之二軸說相對照，並尋求腦神經學的基礎，為語言二軸說提供了一個科學的基礎。他在這方面的第一篇主要論文，是其著名及極具影響力的〈語言二軸與失語症之二型〉一文（"Two Aspects of Language and Two Types of Aphasic Disturbances"），現謹予譯出。該論文於 1956 年首次發表，收

入其總集（*Collected Writings*, 5 vols, 1962-1979, Vol. II, pp. 239-259）。其後，該文收入其《文學裏的語言》（*Language in Literuture*; Cambridge, Mass: Harvard UP, 1987, pp. 95-114.）一書，並對原作發表時的學術現狀陳述有所刪削，即為本譯文所據之版本。此文一波三折，第一波為雅克慎對瑟許二軸說之論述；第二波為語言二軸說與失語症相印證，而歸納為類同干擾及毗鄰干擾二型；第三波為伸入詩學範疇而提出的隱喻（metaphor）與旁喻（metonymy）二軸說，謂兩者即分別為聯想軸及毗鄰軸的表達與縮寫。雅克慎的隱喻與旁喻二軸說，對當代詩學有深遠的影響，當代中外批評界運用這個相對組以解釋詩學及文學書篇者，不勝枚舉。雅克慎於文中從繁富而貌似分歧的諸語言現象裏，歸納出其背後的基本相對組——類同與毗鄰，乃是高度綜合思維之運作，也同時是其結構記號學（structural semiotics）最重要的經典之作。就翻譯學而言，它提供了結構記號學的視野，對語言的認識對翻譯理論及實踐的重要，顯而易見，而文中對藝術類別及美學的探討，對翻譯美學的提供，也不在話下。事實上，雅克慎其後於其另一經典之作〈語言學與詩學〉（"Linguistics and Poetics"）（1960 發表；今見上引書，頁 62-94）所提的「詩功能」（poetic function），也是建立在其所建構的語言二軸說上。其謂，「詩功能者，乃把選擇軸上的對等原理加諸於組合軸上。對等，於是被提升為組合軸上的構成法則」。語言二軸說、對等原理、詩功能，就結構記號學來說，乃是美學的根基，是翻譯美學不可或缺的基石。（按：譯者刪去原文中大部的註腳，以其或過於專門之資料之故。同時，除了有關知名學者外，人名一概直用原文，以求方便。）

1　失語症在語言學上之意義

正如失語症（*aphasia*）一名所提供的，失語症乃是語言能力之受到干擾與損害；那麼，對此症候之描述及分類需從這症候之各種類型所涉及之受損之語言面出發。這失語症很久以前就為 Hughlings Jackson 所研究，但除非有對語言的程式及功能熟悉的專業語言家參與研究，這問題不會得到解答。

要充分研究在資訊交流上的任何故障，我們必須了解那停止作用的該資訊交流模式的本質及結構才行。語言學關切到語言的全域，即語言在運作使用中、語言在流變漂徙中、語言在初生萌芽中、語言在崩析解體中。

最近已有一些病理語言學者把語言干擾的研究作為一重要的課題，而某些語言干擾問題，也在其出色的失語症研究論文裏提到。然而，一般說來，語言學在失語症之研究上的必然貢獻仍為一般研究者所忽略。舉例來說，在一本最近出版對幼童失語症作了廣延研究的著作裏（譯者按：即 H. Myklebust 的 *Auditory Disorders in Children*, New York, 1954），邀請了各類專家作跨學科的合作，包括耳鼻喉醫師，幼童保健專家，聽覺專家，心理醫療專家，和教育家，而語言學家卻不在邀請之列，好像語言學與這語言干擾毫無關聯似的。

語言學家遲遲未能參與這失語症之科際整合研究也應負責任。語言學者對失語症的觀察真是微乎其微。他們從來沒有嘗試以語言學的角度重新解釋及整理諸種失語症的臨床資料。這研究上的空窗是使人驚訝的。我們想想，結構語言學在今日的驚人進步，實已提供了研究者有效的工具及方法以對這語言的萎縮作探

討；同時，這失語症把語言程式解體這一事實，會使到語言學家
對語言通則產生嶄新的看法。

若語言學家處理這些心理學及腦神經學的資料時，一如其處
理語言資料之謹慎，那麼，當他們把語言學的觀念用諸於失語症
之解釋及分類上，當能對語言這一科學及語言干擾這些症候有所
貢獻。首先，他們應該熟悉在醫學上處理失語症所用的方法及專
門詞彙；然後，他們應把個別的臨床資料放進語言學裏考察；再
進一步，他們應該與病人合作以便能直接考察這些症候，而非僅
依賴已相當地經過解釋及修飾的已準備好了的資料。

晚近以來，心理醫療專家與語言學者在失語症所產生的語音
解體這一問題上獲得相當驚人的一致見解。這語音解體展示出相
當規律化的程序。語音萎縮之程序已證明是以逆轉的過程反映著
兒童獲得語音的程序。並且，兒童語言與失語症之比較研究，可
幫助我們建立某些富有啟發性的語言規律。對「獲得」與「喪
失」及其他一般性通則之研究，其進行不應僅限於語音層上，而
應擴展到文法層上。

2　語言的兩軸性格

任何「話語」（speech）包含著「選擇」（selection），選
取一些語言本體，與及「組合」（combination），把它們組成高
層次而較複雜的語言單元。在語彙層次上這是非常明顯的：「說
話人」選取一些字，並根據其所用語言之語法規則，把它們組成
句子。其後，輪到句子被組合為「話語」。然而，「說話人」並
不享有絕對的自由來選字：他的選擇必須來自他與其「話語」的

對象共享有的語彙庫（除卻自創新字這一罕有的例外）。這資訊交流的工程師，通常假設「說話人」與「受話人」共享「一櫃子歸檔得很好的、預先製造好的記號群」。「說話人」從「預先就構想好的許多可能裏」選用其中之一，而「受話人」在還原這記號時將會在同一預想到的許多可能的總體裏選取相同的一個。那麼，語言行為的有效性是建立在參與者共用同一的語碼與語規上。

「你是說 pig 還正 fig？」貓在問。「我是說 pig。」，愛麗絲回答說。在這話語裏，小貓是企圖確定一下說話人所作的語言學上的選擇。在小貓和愛麗絲共享的語碼裏，那就是口語英語裏，當其他因素相同，單是「停頓」與「繼續」的差別（即 p 與 f 的差別），便影響了話語的含義。愛麗絲是在「停頓」與「繼續」這一「辨音素」（distinctive feature）的相對組上選用了前者。當「p」被選用時，「p」同時是與其他辨音素相對著：「p」是「頓」而「緊」，與「t」的「尖」和「b」的「弛」相對待。在語言學裏，一大群的相對著的「辨音素」被組成為相當數量的構音單元（以下簡稱音素）（phoneme）（譯者按：音元約等於但不全等於音標）。「pig」這一個語音，是由「音素」「p」及隨後的「音素」「i」及「g」而成；後兩者的成立當然也賴於諸「辨音素」相對組的作用了。那麼，許多同時作用著的語言本體的並時「結合」（concurrence）與及許多接連著的語言本體的異時「綴合」（concatenation）乃兩種不同的運作；這兩種運作是我們講話所用以組織諸語言本體的必然途徑。

「p」或「f」等「音素」與及由這些「音素」所組成的「pig」與「fig」等音串是該語言的使用群體所製訂的。同時，

「頓」與「續」這一「辨音素」組，以及「p」這一「音素」，離開了這一語音系統後也將不再有意義。「頓」這一「辨音素」得與其他的「辨音素」作並時的組合，而這些組合非有絕對的自由，而是受到該語言的語音規矩所限制而最後形成了「p」、「b」、「t」、「d」、「k」、「g」等「音素」。這語音規矩又對「p」這一「音素」與在其前或其後的「音素」的組合情形加以限制；而事實上，只有部分給容許的音串終於被用作該語言的辭彙（word）的實際語音。其他「音素」雖然在該語規裏得聯成音串，但這些音串並不被采用而出現於該語言上；說話人只是辭彙的使用者，而非辭彙的熔鑄者。當我們面對一辭彙，我們是把它看作是一規範了的單元。要了解「nylon」一語辭，我們得知道在現代英語底辭彙系統裏指派給這一語音的辭義。

在任何語言裏都存在著我們稱之為規範了的「片語」字群。「how do you do」（你好嗎？）這一成語（idiom），其語意並不能從這些個別的字加起來而獲致。整體並不等於部分之相加。這一類的字群，其行為有如單一的字，這類的情形雖不陌生，但仍不免是語言使用裏的邊緣地帶。對於這占極大部分的片語字群，我們只要認識其中每一單字及其組合的語法便可掌握其含義。在這些語法等限制範圍內，我們得享有自由把這些字用諸於新的指涉範疇裏。當然，這自由度是相對性的。流行的慣用語（cliches）加諸於我們作組合時的壓力是相當可觀的。語言得以建構新的指涉範疇的自由是無可置疑的，但這些新的指涉範疇實際出現的可能性不高。

結果形成了一以「自由」為基準的上升階級梯次；那就是說，在愈高的語言層次裏，各組成分子的組合享有愈高的自由。

在把「辨音素」組合起來而成為「音素」這一層次上，語言的個別使用者所享有的自由是零，蓋任一語言的語規裏已製訂定了該語言在這一層次上實際出現的各種組合。從基本「音素」到語辭／字辭（word），其自由地帶也是已規劃好的，蓋把「音素」連起來以創新字，仍是語言上的罕有狀況。把語辭／字辭組合起來而成為句子，使用者所受的限制則減少多了。最後，把句子聯起來而成為話語，語法上的強制力在其時可謂終止，而語言使用者得以創造嶄新的指涉範疇的自由度則大幅地提高。當然，如前所言，成了典型化的現成話語對此自由度的影響仍不可忽略。

　　在任何語言行為裏，任一語言記號都不得不涉入兩種的關聯裏。

　　其一乃組合。任何一記號必由組成此記號之諸記號元素所組成，而此記號必與其他記號相組合而出現。那就是說，任一語言記號是其下層的諸記號的指涉範疇，並同時在較高層的組合單元裏界定其本身之指涉。因此，許多單元組成一記號群後，便形成一較高層次的單元。事實上，「組合」與「指涉範疇之建構」乃是同一運作的兩面觀。

　　其二乃選擇。在諸多可能的「選擇」裏選取其一，即包含著諸可能的「選擇」間互相替代的可能性。某一可能的「選擇」與另一可能「選擇」之間，在某一方面是相等，而又在另一方面則相異。事實上，「選擇」與「替代」實是同一運作的兩面。

　　這兩種運作在語言上扮演著主要角色這一事實，已由瑟許（Ferdinand de Saussure）所充分了解。不過，組合上的兩個花樣──即並時結合與異時綴合──這日內瓦語言學家只認知了後者，也就是只認知語言乃一時間性的語串推陳。雖然他認知到一

個音素是由一組並時出現的辨音素所決定，但他屈服於把語言看作是時間性這一傳統信念，這傳統信念「排除了同時發兩個語音元素的可能性」。（註一）

瑟許把我們稱為組合與選擇的兩種語言鏈接區別如下。他說，在實際語言運作裏，前者「是出現的：它是*實際出現*在語串上的二字或二字以上的組合，而後者則是*隱存*的，把一字與*隱存*的諸字作為記憶上的一串而聯起來」。換言之，「選擇」（也同時是替代）是指稱在語規上被聯接起來的諸語言本體（如一群可能被選擇的語音或字），但他們在實際的語串裏並不出現。在「組合」裏，這些諸言本體，在語規上或語串上皆聯接起來，或僅在語串上聯接起來。受話人把一實際的「話語」看作是某些語言組合成分（句子、字、字素等等）的組合，從由所有可能的組合的語言庫（語庫及語規）裏選出。一個「指涉範疇」所含攝的諸語言成分，是處於「毗鄰」（contiguity）狀態，而在替代軸上，各有關記號是以不同強度的類似性（similarity）而連接起來，這「類似性」擺盪於「同義詞」的「相等」與「反義詞」所擁有的「共同基礎」兩端之間。

這兩種運作給語言行為中每一語言記號帶來兩組「居中調停記號」（interpretant），用以解釋當下的這個語言記號。這個有效的「居中調停記號」概念，是取自記號學家普爾斯（Charles S. Peirce）的理論。（註二）這兩組運作，一組沿著語規而對當下的語言記號作出解釋，另一組則沿著指涉範疇而對當下這語言記號作出解釋；無論此語規或指涉範疇是成規化了的或是未成規化了的，皆是如此。換言之，一個語言記號因而以兩組方式與兩組的語言記號聯接起來：循著語規（語言庫）的話，經由「替代」

的方式，而循著指涉範疇，則經由「毗鄰」的調順。於是，任一表意單元得以被在同一語規（語言庫）中意義較為明晰的記號群所替代，其一般含義也因此得以闡明，而其在指涉範疇中之含義，則是由它與在該話語裏其他諸記號的關係所決定。

話語的諸組成成分，必然地與語規作內在的關聯，但與話語的關聯倒是外在的。語言在各層面上皆從事著這兩種形態的運作。當說話人與受話人交談時，必須有某類的毗連接觸才能確保話語從一頭傳遞到另一頭〔譯者按：此應為解釋所說的外在的關聯〕。另一方面，說話人與受話人兩者在時空上的隔離，需賴前述內在的語規的關聯而縫合起來：說話人可用的記號，與受話人所了解並解釋的，有某程度的對等方可。沒有某程度的對等，話語則變為毫無作用，即使這話語到達了受話人的耳朵也毫不相干。

3　類同軸上受干擾的語言喪失型

這是很清楚的，語言的干擾錯亂以不同的程度妨害著個體把語言單元選用及組合的兩種能力。事實上，那一種語言能力遭受到破壞這一問題有著深遠的研究意義，有助於失語症的各種型態之描寫，分析及分類。這「選擇」與「組合」能力之二分，也許比典型的把失語症二分為「發送」與「接收」二型提供得更多，蓋我們的視野是考慮語言喪失型是根據語言行為的二面中哪一面特別受損而定：是把語言單元依據語規作出話語（稱之為encoding）的能力受損？還是根據語規把話語分解而解釋（稱之為 decoding）的能力受損！

　　H. Head 曾嘗試把失語症分為若干組，而給予每一組內各變體一個名稱，以「指陳其在語詞與片語底控御與了解上最顯著的破壞」。我們現仿其例以辨別兩種最基本的語言喪失型。我們將把其主要的破壞在於「選擇」與「替代」，而在「組合」與「建構指涉範疇上」尚相對地穩定者歸為一類。同時，把其重要破壞在於「組合」及「建構指涉範疇」上，而相對地保留著「選擇」與「替代」的能力者歸為另一類。前者稱之為類同軸上之干擾錯亂，後者稱之為毗鄰軸之上干擾錯亂。我們將主要根據高斯丁（K. Goldstein）的個案資料以勾劃失語症的相對二型。（註三）

　　對類同錯亂這一類的病人而言，指涉範疇成為了話語底不可或缺的、決定性的條件：指涉範疇的存在與否決定了病人構造話語之能否。有這類失語症的人，當給予他一堆字或句子，他可以很從容把他們構成話語。他的語言行為是被動性的！他能從容地回答，以使會話繼續進行，但他有困難去發動一個對話。當他面對著一實有的說話人而自己成為話語的受話人時，或當他面對一想像的說話人而自己成為一想像的受話人時，他都有應對的語言能力。但像「獨白」一類的封閉而非雙邊交流的論述，對這類的病人而言，是特別的困難，甚至有困難去認知這類論述。如果要他講出的話語愈依賴指涉範疇，他愈能在語言的操作上表現優良。除非是對詢問者或實際指涉範疇作反應而能說話外，他覺得無法去說出任何一句話。除非病人看到實際下著雨，他是無法講出「下雨」一語來的。他們要說的話語，愈依賴語言上或實際上的指涉範疇，他們的語言行為成功率愈高。

　　同樣，假如一個字愈依賴其句子裏其他的字，或愈緊連到句子裏的語法範疇的話，其語言上的錯亂則在這類病人身上相對地

低。因此，在語法上有著文法一致性要求的句子裏，其用辭遣字自將比較穩定，但使諸字相隸屬起來的主體，也就是主詞，卻有著被省略的傾向。「去開頭講」是這類病人的主要困難；那麼，其損敗於句子之開頭也是順理成章的。在這型語言能力的干擾裏，句子被看作是帶著省略的「語組」構成，省略了的部分是由病人從前行的句子裏加以補充，這前行的句子或是病人想像或實際說了的，或是在一個實際或假想的對語行為裏從對方接過來的。關鍵詞也許被省掉或被抽象的「代字」所取替（如用「它」來指陳前面說過的東西）。如佛洛伊德在其失語症病例裏所注意到的，一個專屬的名詞會被一個很一般的名詞所取代，如用「東西」以代表一指名的物件。高斯丁（Goldstein）則在德語的病例裏，看到病人往往用「東西」或「物件」來代表一切無生命的名詞，而用「做」來代替從指涉範疇裏便可界定故不必特別指明的各種動作詞。

內在地連接指涉範疇的字眼，如代名詞及代名詞狀的副詞，以及僅用來建構指涉範疇的字眼，如連接詞及助動詞，卻特別地在這類病人的語句裏保留著〔譯者按：文中接著的德語例子，筆者沒有翻出〕。由此我們可以看出來，在這類型的失語症裏，當到了嚴重的階段，只有語言的架子，也就是語言交流中的那些環節尚保留著。

自中世紀的早期以來，語言理論就一再重覆地堅持說，離開了指涉範疇就不再具有意義。此論調的合法性，事實上，僅適用於我們正陳述中的這一種失語症。在這些病例裏，一個割裂孤立的字，真只是一爆裂的聲音而已。如許多的個案例子所展示的，對這些病人而言，出現在不同的指涉範疇裏的同一字竟成了僅僅

的同音異義字，不再負荷相同語義。既然有聲無義，比起同音異義，會負荷多一些訊息，那麼，這類的病人會隨著不同指涉範疇而使用不同的詞彙以表達，以更切合其指涉範疇。因此，高斯丁的病人從不單用「刀」字，而會隨此字辭在不同的指涉範疇裏而另用字彙，如把「刀」叫作「削鉛筆器」，「削蘋果器」，「麵包刀」，「刀叉」等。如此，「刀」就從一可以單獨使用的「自由」形式，而變為必須與他字合用的「受制」形式。

高斯丁的病人說：「我住在一座美好的公寓裏，有前廳，睡房，廚房。後頭則是一些住著單身者（bachelors）的大公寓」。照理，病人可選用「未婚男女」（unmarried people）這一更明晰的詞彙，但「單身者」（bachelor）這一詞義寬廣的單詞卻為病人所選用。當病人一再被詢問「單身者」其意為何時，病人並不能作答並表現出明顯的焦慮。「一個單身者是一個未婚男女」或「一個未婚男女是一個單身者」這樣的回答，將蘊含著作「對等」應用的語言能力，將蘊含著在辭彙庫裏選擇軸上選字，並投射到話語裏指涉範疇上的語言能力。在「一個單身者是一個未婚男女」這一類的句子裏，兩個意義相等的詞彙變成了一個句子底兩個互聯的組成部分；這二部分是由語言「毗連」原理所聯接。當病人談論一個日常的話題如「單身公寓」者，病人能選出「單身者」這一適當的詞彙，但病人未能用「單身男女」作為句子的論述對象，此乃由於其選擇與替代這一自成一軸的語言能力已喪失。這一個病人沒法做出的對等句，乃是一種獨自形成於選擇軸上的論述：「單身意指未婚」或「未婚者叫做單身」。

當給予病人一個物件並叫他把這物件的名字說出來，病人出現同樣的困難，有著這類同喪失病的病人將不能用一物之「名

稱」來代替該給他看或遞給他的原物件。他不會說「這叫做鉛筆」，他僅會對該物之用途加以一簡略式的招陳：「用來寫的」。對病人而言，如果一詞已出現，那麼其同義詞就變成重覆而多餘的。如出現了「單身」，「未婚男女」一詞就重覆多餘。一枝鉛筆給他看了，「鉛筆」一詞彙就重覆多餘。兩個記號（兩個同義詞，或一實物與實物之名稱）是處於互補的他位；有「其一」便不必「其二」了。當給予病人一個詞彙後，病人便會避免講出其同義詞。追問他時，他會說「我了解」，但不願說出其同義詞。同樣，一物體之圖象會壓制該物體的名稱之出現：一個語言記號已為一個圖象記號所取代，故他不必說出此圖象之名稱。Lotmar 的一個病人，給他看一個羅盤的圖象並追問他其為何物時，他說：「唔，這是一個，……我知道它屬於，但我記不起來它的專用名稱……唔……方向……指示方向……一個磁針指向北」。如果普爾斯（Charles S. Peirce）在場，他也許會說，這個病人喪失了把索引記號（index）或肖象記號（icon）改為語言底俗成記號（symbol）的能力。（註四）

　　測驗者的話語裏反覆使用的字，對病人而言，卻成為不需要的冗詞，而當測驗者要求病人跟著他說「不」字，Head 的病人竟回答：「不，我不會」。在這例子裏，病人很自然地在其回答中用了「不」字，但他卻不能做出「A＝A：不＝不」的純粹形式的對等或重覆語。

　　符號邏輯用諸於語言科學研究上之一大貢獻，乃是其強調「對象語言」（object language）和「後設語言」（meta-language）的差別。正如 Carnap 所言，「為了要談論一對象語言，我們得建構一後設語言」。我們可以在這兩個截然不同語言

層次上，用同一的語言；因此，我們得用「英語」來談論「英語」（前者的「英語」是「後設語言」而後者則為被談論的則為「後設語言」），即用同義詞、解說、撮要等，以英語來解釋英語中的辭彙和句子。這些給邏輯家命名為「後設語言」的各種運作，並非邏輯家們所獨創：這些運作並非僅限於科學底語言運作，而是我們日常語言行為所不可或缺的一部分。交談中的人常常檢查一下他們是否用著同一的語碼及語規。「你聽懂我的話嗎？」「你知道我這裏是指什麼意思嗎？」。說話人會作上述的詢問，而受話人也有時打斷對方的話而問：「你是指什麼意思？」。在這些場合裏，說話人便把有疑問的語言記號，換作另一語言記號，或換作一群的語言記號，以求對方更能了解，雖然兩者皆是從同一語言（英語）出來。

　　經由同一語言裏其他性質相近的語言記號，來解釋一語言記號，是一種「後設語言」行為，此行為在孩童語言學習裏占著一個重要的地位。根據晚近的語言觀察，在學齡前孩童的語言行為裏，「以語言本身為對象」的話語（talk about language）占有相當重要的地位。求助於「後設語言」乃語言之獲得及語言之正常運作所必需的。指陳事物「名稱」一能力之喪失，應是「後設語言」能力的一種喪失。前面所談到的病人，要求他而他卻無法構建的對等語，乃是回溯於英語自身的「後設語言」的操作。用明確的表達來說即是，「在我們用的語規裏，這指陳的物件的名稱叫『鉛筆』」；「在我們用的語規裏，單身這個字彙與未婚男女這一個解釋性用語是相等的」。

　　如此說來，一個上述類型的失語症病人，乃是無能從一個字彙轉到這字的同義詞或是解釋性的用語上；同時，亦無能轉到他

種語言裏相等的表達上。習用兩種語言或方言之人，變成不能從一語言轉到另一語言，一方言轉到另一方言，也是這類失語症的症候。

一個雖陳舊但卻一再出現的偏見認為，使用者的語言癖性（idiolect），也就是當下他使用語言的個別習慣，對該人而言，乃語言底唯一的現實。這觀點曾在某研討會上引起下面的回應：

> 當與他人交談時，每一說話人都有心地或無心地尋用兩者共享的辭彙：或用以取悅對方，或使自己的話語讓對方了解，或把對方的話語帶出來。語言並沒有像私人財產那樣，而是一切都是社會化了的。語言的交流，就猶如所有的交接往來，都需要至少兩個交流者，所以，作為唯一真實的語言癖性，乃是一莫名其妙的捏造。（註五）

我上面的話應該作一補充性的澄清。對我們正論述的這一類失語症病人而言，他喪失了對換「語碼」的能力；那麼，其個人的語言癖性對他而言便是唯一的語言現實。當他認為對方的話語不是用他的語言型態來表達時，他會覺得對方的話語僅僅是咿啞不清的囈語或是他不懂的方外語言。正如 Hamplil 和 Stengel 的一個病人所說：「我聽你的話聽得極為清楚，但我不知道你在說什麼……我聽到你說話的聲音，但不是字句。……你的話並不表達清楚的意義」。

為前面所述的，在語言行為裏，外在的毗鄰關係把一個指涉範疇的諸組成部分聯接起來，而內在的聯想或類同關係則在背後支援著各種替代。因此，當一個病人的聯想或類同功能受到損害

而指涉範疇的組成能力並沒有受到影響時，依賴類同原則的語言運作便會向依賴毗鄰原則的語言運作傾斜。我們差不多可以推想，在這類語言病人的語言運作裏，當字群作語意上之組合時，經由空間或時間之關聯多於經由類同的關連。誠然，在高斯丁的測試裏，正證實如此的一個推想。當一個女病人被要求列出一列的動物的名稱時，她所陳列的各動物之次序竟是她在動物園曾看到的次序。同樣，雖然指明要她根據顏色、大小、與形狀來把許多物件排列起來，她卻依照家庭用具、辦公室用具等空間關係來排列。她並且辯稱百貨公司的櫥窗也是如此排列的，謂「東西是怎麼樣的沒什麼關係」；也就是說，其中的物件是否類同沒有關係。她同時願意把紅黃綠藍四種主色說出來，但卻拒絕擴大這些名稱以指稱各種間色；因為，對她而言，語詞並無擁有因類同關係而為語詞底基本義帶上附加義或引申義的能耐。

　　我們不得不同意高斯丁的觀察，這類的病人「掌握住語詞的字面語意但卻不能了解這語詞隱喻的含義」。但如果我們認為這類病人完全不懂喻況語言（figure of speech or figurative language），卻是沒有保障的擴大了的推論。喻況辭格分兩類，即隱喻（metaphor）與旁喻（metonymy）。隱喻乃是基於類同原則，旁喻則是基於毗鄰原則；而事實上，類同型的失語症病人，仍大量地應用旁喻。「叉」會為「刀」所借代，「菓子」為「燈」所取代，「煙」為「煙斗」所取代，「吃」為「烤麵包機」所取代。Head 報導了如此的一個典型例子：當病人想不起「黑」這個語詞，他用「你為死者所做的」這話來形容這「黑」，把句子簡化為「死」一詞。〔譯者按：在傳統的分類上，向來把隱喻、明喻、旁喻、提喻（以部分代全部）統看作喻

況語言。雅克慎指出，四者的共同點，是 A 代 B 的替代原則，但前兩者，其替代所據乃「類同」，而後二者所據乃「毗鄰」。此段文中所謂喪失喻況能力，乃指基於類同原則的隱喻與明喻。〕

這「旁喻化」可看作是把我們習慣的「指涉範疇」投射到「替代」與「選擇」上：記號「叉」通常與記號「刀」在一起，前者便取代了後者。「刀叉」、「抬燈」、「抽一斗煙」等片語，使「叉代刀」、「燈代枴」、「煙斗代煙」這些「旁喻化」變成可能；「物件之應用」與「物體之製造」兩者之關聯底下支持著「吃代替烤麵包機」一旁喻。「人什麼時候穿黑服呢？」「當人們哀悼死者的時候」。就這樣以一傳統之用顏色之法來代替這顏色。用毗鄰法以避用類同法特別見於高斯丁的病人。當這病人被要求跟著說一個字彙時，他不說這字彙，而以一旁喻作回答，他會以「被騙」作「商」的回答，以「天」作「神」的回答。

當病人底選擇軸上的能力受到嚴重傷害而其毗鄰軸上的組合能力尚能部分保存時，「毗鄰」原則便決定了病人的語言行為。於是，我們可把這類型的病人命名為類同軸上受干擾錯亂的失語症病人。

4　毗鄰軸上受干擾錯亂的失語症

自 1864 年以來，Hughlings Jackson 在其對語言及語言干擾的開先鋒的研究裏就一再指出：

> 單是說話語包含著字詞（word）是不足的。語話原是在某一型態裏由互為指涉的許多字詞所構成。如其諸部分間並沒有相互的關係，話語就僅是不含攝任何命題的一串字詞而已。（註六）

> 失去說話能力也就是失去用語言以構成命題的能力。……失去說話能力並不意味著處於「無語詞狀態」（wordlessness）。（註七）

建構「命題」的能力之受到損害，或把簡單的語言單元組合而成繁雜單元之能力之受到損害，僅發生於某一型的失語症裏，與上章所討論之類型剛相反。事實上，沒有所謂「無語詞狀態」（wordlessness），因為在所有的病例裏，能夠保留下來的語言實體乃是「語彙」（word）。「語彙」可被界定為在強制語規控制下的語言層之最高處。我們造句及建構話語時，即從語言庫所提供的語彙裏操作。

　　這種在組合與指涉範疇上有缺欠的失語症（我們稱之為毗鄰軸上的干擾），表現為語句的幅員及樣式大為減削。病人喪失了組合語彙以成為高層次單元的語法能力。這喪失使到一個句子成為 Jackson 形象化了的所謂「字堆」。語序變得混亂。語法上的「平行」、「附屬」為之消失。如我們所預測的，僅僅賦有文法功能的各種語詞，如連接詞、介詞、副詞、冠詞等首先喪失，而形成所謂「電報式的語言風格」。這些文法功能性的字詞，在類同干擾型裏卻是最為堅守不渝的。依賴文法及指涉範疇的組成愈少者，愈遲為這類型的病人所喪失，而卻是愈早為上章所述的類

同干擾型所喪失。因此，在類同干擾型裏，「核心的主詞字眼」（kernel subject word）是最先在句子裏消失，而在毗鄰干擾型裏則是最少受到干擾的。

　　這類干擾到「指涉範疇」之組成的失語症，使病人的話語活像小孩的單句式或一字式的話語。只有一些較長但卻是類型化或現成的句子勉強地保留下來。在嚴重的病例裏，每個句子都消減為一字句。組成「指涉範疇」的運作是瓦解了，但語言的選擇行為繼續著。Jackson 指出，這類病人「去說一件事物是什麼，猶如去說一件事物像什麼」。也就是說，這類型的病人只限於在替代軸上運作，處理其類同部分；他們的替代行為大致上是類同行的喻況為本質，與上章所述病人之傾向毗連性的旁喻剛相反。以「小型望遠鏡」作「顯微鏡」，以「火焰」作「瓦斯焰」是這種 Jackson 所謂「半喻況語言」的典型例子。這種半喻況語言與修飾上或詩學上的比喻有所差別，並不含攝有意經營的、語意上之轉換。

　　在正常的語言型態裏，語彙（words）一方面是在其上的由句子構成的指涉範疇的組成部分，而一方面其本身又同時是一個指涉範疇，上置於其下的「字素」（morphemes）（最小的語義單元）及「音素」（phonemes）（最小的語音單元）之上。我們前面已論述了毗鄰干擾型病人底組織語彙以成上層語句及話語底能力之喪失。「語彙」與含攝於其下的「字素」及「音素」的關係，也顯示著同樣的毛病，但情況略有差異。病人不管文法的一個典型例子，是詞頭、詞尾變化（inflection）的揚棄：例如用不受限制的不定式（infinitive），以代替有著各種變化的有限式動詞，以及在有語形隨著詞性變化（declension）的語言裏，用

主格以代替其他類型等。這種文法上的缺失，部分由於對句子裏各字間的文法協調已揚棄，部分由於把語彙細析為語根及其詞頭、詞尾能力之喪失。最後，語言中的變化組（paradigm），尤其是文法方面者，最為顯著，如代名詞單數的「他」「她」「它」變化組，動詞的現在式、過去式等變化組。我們知道，在這些變化組裏，每字實表達同一的語意，其各種變化與差異只是由於在不同的視覺觀點而產生，而這些字是靠毗鄰原則聯繫起來而成為一個變化組。故這類型病人之揚棄文法變化組，正證明這種毗鄰原則之揚棄。

同理，同一字根的字群（如賜予、賜予者，受賜予者），乃是因其語意上之毗鄰而聯接在一起。我們這一類型病人，或揚棄了從基本字衍生出來的字群，或當給予他一個由字根及詞尾或詞頭構成的衍生字或一個複合詞時，病人無法把前者拆為字根及詞頭或詞尾，無法把複合詞拆分為二。舉例來說，能講出並了解 Thanksgiving 或 Battersea 的病人，卻無法單獨抓住或說出 thanks 與 giving；batter 與 sea 這些單詞。當「衍生」這一意識尚存於病人心中，當這「衍生」仍為乃語規上創新之機制，我們仍可覺察到，病人解釋衍生字時，有過分簡分及機械化之傾向。當一個衍生字的語意，不能為其所組成之二部分推論而出的話，病人對這衍生字的結構式便有所誤解。俄文中的 mork-ica 意指「林蝨」（森林中之蝨子），但俄國一位失語症病人，卻把它解作「潮溼的某東西」或「潮溼的天氣」，因為 mork 在俄文字根中意指「潮溼」，而 -ica 這一詞尾，則指稱該指稱物的載體。

二次世界大戰以前，語音學（phonetics）乃語言科學中爭論最多的領域，一些語言學家懷疑「音素」（phonemes）在語言

行為裏是否能構成獨立的部分。有人甚至說，在實際的語言事實裏，最低的表義單元，即「字素」（morpheme）或字（word），乃是我們實際面對的最低層的語言本體；作為辨別用的單元，如「音素」（phoneme），只是人為的建構，以方便我們對語言作科學的描述與分析。這個觀點雖被 Sapir 非難，並稱之為「與事實相違」，但這個陳舊觀點仍繼續下去。事實上，這個觀點用來描述某種的語言病態，是最為合法不過的了；在失語症的諸型裏，有一型被稱為 atactic 型；在其中，語彙是唯一尚保有的語言本體。病人僅保存每一他熟悉的字所構成的完整而不可分割的音像，而所有的其他語音串對他來說卻是域外的、陌生不可解；或者，他會把語音串歸為他熟識的語彙，而對其衍生的諸可能音串置若罔聞。高斯丁的病人，在音串裏「辨認出某些字來，但這些字所擁有的元音及輔音卻不為病人所覺察」。一個法國病人能辨認、了解、複述，不用思索地說出 café（咖啡）或 pavé（小路），但他卻無法把握、分辨、或複述下面不具意義的音串：feca, také, kefa, paké。然而，對正常的法國人而言，只要音串及音串的組成分子符合法文的語音型態，這些語言操作是毫無問題可以做到的。正常的法國人將能悟解到，這音串為一些他不懂的字，屬於法文的詞彙，並假設各音有不同的語意，蓋每一詞彙皆由不同的音素及音序構成。

　　假如一個病人不能把語彙析解為組成該語彙所賴的「音素」，那麼，他對語彙構成的控御能力便削減，其在「音素」及其組合的語言能力上之受損顯而易見。病人在語言樣式上逐步萎縮的情形，與孩童獲得語音的循序適相逆反。這逐步萎縮，包括同義字使用之增加以及語彙之減少。如果這兩方面的病況繼續惡

化,其語言能力最後就淪落到只有一個音素、一個字辭、一個句子構成的話語:病入回轉到孩童語言發展之初期,甚至回轉到語言前的階段。最後,他面對著完全失去應用及了解語言的能力的全盤語言喪失。

　　兩功能面之割離,即一為辨別用,另一為表義用,是語言底特有的性格,尤其是與其他表義底系統相較,此特色更為顯現。在這類失語症裏,兩功能層面產生了衝突,這見於病人揚棄語言的階級梯次,把階級梯次縮減至一個梯次的傾向。最後剩下來的語言層次或為表義單元的層次,即語彙層(此類情形前已述及),或為辨別單元的層次,即「音素」層。後者,病人能認出、辨別、及複述「音素」,但卻失去對語彙作同樣反應的能力。在居中的狀態裏,病人能對語彙認出、辨別、及複述;高斯丁認為,語彙「也許是被知悉,但卻非被了解」。對這類病人而言,「語彙」失去了其日常具有的表義功能,而僅有純然的、原屬於音構的功能。

5　喻況與毗鄰兩極說

　　失語症是樣式繁多而分歧,但他們總是在上面論述的類同干擾型和毗鄰干擾型之兩極之間。每一種失語症或輕或重地或在選擇與替代軸上有所損害或在組合與指涉範疇的組合軸上有所損害。前者包括後設語言運作上的衰退,而後者包括語言層次上位階之破壞。隱喻關係在類同干擾型裏中止,而旁喻關係則在毗鄰干擾型裏停頓。

　　一個「論述」(discourse)可沿兩個不同的語意指向而發

展，即一個主題可經由「類同」或「毗鄰」而引進另一個主題而把論述發展下去。前者可稱為隱喻發展法，而後者可稱為旁喻發展法，蓋兩者最濃縮的形式可分別見於隱喻及旁喻。在失語症裏，隱喻活動與旁喻活動會受到損害或完全喪失；失語症所表現的這一個現象給予語言學家很大的啟發。在正常的語言行為裏，兩種活動均在進行中；然而，細察之下，我們不難發覺在文化模式、個人性格、語言風格等因素影響下，優先權或給予隱喻活動或給予旁喻活動。

在一個很有名的心理測驗裏，孩童面對著一些名詞並要求說出他們在腦子裏出現的瞬間語言反應。在這個試驗裏，兩種不同的先存的語言傾向就毫不含混地顯露了出來。他們的語言反應或是原刺激（給予的名詞）的替代詞，或是原刺激的補充詞。在後者裏，刺激與反應合起來構成一語法上的組合，並且通常往往是一個句子。這兩種不同的語言反應分別被命名為「替換式的」（stitutive）與「述詞式」（predicative）的。

在「述詞式」的反應裏，對「小屋」一名詞的語言反應有二，一人回答說：「燒掉了」，另一人回答說：「是一個不起眼的小房舍」。兩者的反應皆是「述詞式的」；但前者提供了一個完整的敘述範疇，後者卻在「刺激」與「反應」之間存有雙重關係：語法上的毗鄰組合（小屋是一個不起眼的小房舍）與語意上的類同（小屋與小房舍類同）。在「替換式的」的反應裏，對「小屋」一詞之反應，或為其重覆詞「小屋」，或為其同義詞「小廬」與「茅舍」，或為其反義詞「皇宮」，或為其隱喻詞「巢穴」與「穴窟」；兩字相互替代乃是基於語位上的相等與及語意上的類同或相異。這「小屋」一詞也帶來了旁喻式的反應，

如「草屋頂」、「棚架」、「貧窮」等；在這些反應裏，刺激與反應之間的關係，則是語位上的相等與語意上的毗鄰。

　　觀察一個人如何操縱這兩面（語位及語意）上的兩種關係（類同與毗鄰），觀察其作了何種選擇、組合與評估，就可以看出這人的語言風格、語言前的先存傾向、以及其語言癖好。

　　在語言藝術裏，這兩種因素之相互作用是很顯然的。有些格律詩要求在毗鄰的詩行裏有著「平行」：聖經裏的詩篇、芬蘭以及俄國口傳文學（就某程度而言）皆是其例，提供了豐富的研究資料。這種分析提供了客觀的標準以界定詩篇裏的「呼應」。在任一語言層次上（如字素層、語彙層、句法層、片語層），或出現類同，或出現毗鄰，而兩者皆可就語位及語意二角度而得而論之。於是，各種結構的脈絡便可歷歷指陳。這兩極的任一頭皆有機會占優勢。舉例來說，俄國的抒情詩以隱喻構成占優勢，而在英雄史詩裏則以旁喻構成占優勢。

　　在詩歌裏，有許多動機決定上述兩種選擇。浪漫主義及象徵主義之以隱喻程序進行，已一再為批評界所指出；然而，在時間上介乎浪漫主義之沒落與象徵主義之興起之間，又與這兩者都敵對的「寫實」潮流，其底下以毗鄰程序作為主幹這一事實，卻尚未充分為批評界所確認。寫實作家遵循毗鄰原則，一再旁伸到故事結構以外而及於情節上之氣氛，旁伸到角色以外而及於時空性的場景。這類作家喜愛部分與全體互代的各種細節描寫。在《安娜》（*Anna Karenina*）一小說裏，在其女主角安娜自殺的一幕裏，托爾斯泰（Tolstoj）的藝術著眼處，卻是集中在這女主角的手提包上；同時，在其名著《戰爭與和平》（*War and Peace*）裏，「上唇的毛」、「坦露的肩」分別作為其中有此二屬性的兩

個女角的提喻。

　　或偏向隱喻或偏向毗鄰以作發展這一情形並非僅限於語言藝術。這兩者之擺盪亦出現出其他記號系統裏。在繪畫史上來看，我們有明顯傾向於旁喻法的「立體主義」（cubism），畫中的主體轉變為一組「提喻」；接著，「超現實主義」（surrealsm）畫家則回之以一專心致志的隱喻手法。在電影藝術裏，自從格里菲斯（D. W. Griffith）以來，電影以其高度發展的角度的轉換、透視的轉換、景深之轉換等，創造了繽紛的提喻性的「極近鏡頭」（close-ups）和繁富的旁喻性的「場景鏡頭」（set-ups），電影遂與舞台藝術一刀兩斷。在差利・卓別林（Charlie Chaplin）和艾山思坦（Sergei Eisenstein）等大師的電影裏，卻又在這些技巧上添置了嶄新的隱喻性質的鏡頭處理，隨之以電影上所謂的「疊溶景」鏡頭（lap dissolves），也就是所謂「電影底明喻」（filmic similes）。（譯者按：疊溶景是舊景出新景入同時進行，故兩者間有著明喻的關係。）

　　語言或其他記號系統之兩軸性或兩極性，以及失語症上所顯示之兩極性（固黏於某一軸或極上而把另一軸或極排除），皆需系統比較的研究。在失語症裏，或保留著這一軸或保留著另一軸，這現象與文學藝術上某些風格、某些個人癖性、某些潮流之傾向於某一軸相類似。把這些執於一端的現象加以細分及分析，並與失語症相對類型之全部症候加以比較，乃是綜合心理病理學、心理學、語言學、詩學、以及記號學（研究記號的科學）各學術專家的必需作業。目前討論中的二分情形在語言行為及一般人類行為的了解上，看起來似乎最為重要及影響深遠。

　　為顯示這綜合比較研究之可能性，我們現以慣用「平行主

義」（pallalism）作為喜劇手法的俄國民間故事為例。請看下面一個的平行句：「Foma 是單身；Erjoma 乃未婚」。這兩個子句的「述詞」是處於「類同」關係：「單身」與「未婚」實是同義詞。這兩個子句的「主詞」皆是男性的人名，也因此在字素而言是「類同」。他們在同一故事裏指稱兩個毗鄰的英雄；他們在故事裏扮演同樣的行為，故他們共享一對同義的「述詞」。這樣的一個平行的語言結構，以稍微不同的樣式在一首家傳戶曉的婚歌裏出現。在歌詞裏，每一客人皆以其「名」及以其顯出與其稱譽攸關的「中名」（patronymic）〔譯者按：其在名與姓之間，今譯為中名〕作為稱呼。請看下面的例子：「Gleb 是單身；Ivanovic 乃未婚」。在這裏，兩個「述詞」是同義詞，但兩個「主詞」的關係則與前面的民間故事所見者不同。在婚歌的例子裏，兩個「人名」指稱同一人，為毗鄰的平行句，作為禮貌的稱呼。在引自民間傳統的那行文字裏，兩個平行子句指稱兩件事，一為 Foma 的婚姻狀況，一為 Erjoma 與前者相同的婚姻狀況，同為未婚。在婚歌裏的詩句，兩個子句實是同義，重複地指稱同一人的未婚狀態，只是把此人分為名與中名，並以此占著兩個「語位」而加以指稱而已。

俄國小說家烏斯旁斯基（Gleb Ivanovic Uspenskij, 1840-1902）在最後的幾年裏為與語言有關的精神錯亂所折磨。他的「名」（Gleb）及「中名」（Ivanovic）在禮貌的語言裏習慣地被連在一起，而被人稱呼為（Gleb Ivanovic）。但對這晚年的他而言，這綜合的「名」與「中名」的稱謂，卻分裂為二，指稱兩個不同的身分：「Gleb」（其名）乃是這小說家一切美德的代表，而「Ivanovic」（其中名）乃是這小說家一切惡行的化身。

這個性分裂所顯示出之語言分裂，可視作是喪失了以兩個不同的記號（即名與中名）以指稱同一對象的能力，也就是犯了「類同」擾亂症。既然「類同」軸上的擾亂，意謂著對「毗鄰」軸的依賴，故仔細考察其年輕以來即展示的文學風格將特具意義。不出所料，Anatolij Kamegulov 對其作品語言風格所作之分析，正符合我們在理論上所作之推斷。這學者指出，烏斯旁斯基對「旁喻」有特別的癖好，尤其是「提喻」之應用。這位學者說，他如此過分地使用「旁喻」與「提喻」，以致「讀者無法承受在有限的語言空間裏所堆砌的繁富的細節，無法抓住其全體，以致作者所作之描繪往往落空。」

當然，這「旁喻」風格是受作者其時所處之十九世紀晚期的「寫實主義」文風所促使；然而，我們可以說，烏斯旁斯基底個人烙印，卻使其文筆特別適合此種潮流而使之達到極端之發揮，結果遂留下這烙印於其精神錯亂所表現出來的語言上。

「隱喻」與「旁喻」之相互競爭，可見於任何象徵行為裏，無論其行諸於個人上或行諸於社會上之象徵行為皆如此。因此，在探討夢之結構時，關鍵性的問題乃是夢中所用的符號（symbol）以及其一個接一個的組合，是基於「毗鄰」還是基於「類同」。前者即是佛洛伊德（Freud）所指陳的屬於「旁喻」性格的「錯置」（displaceement）與屬於「提喻」性格的「濃縮」（condensation）；後者即是佛洛伊德的皆為「類同」性質的「認同」（identification）與「象徵」（symbolism）。佛拉覺（Frazer）把各種物我相通的魔法所據的原則歸為二類，一基於類同原則，一基於毗鄰原則。前者稱為「同營性」或「模仿性」的魔法，而後者則稱為「接觸性」的魔法。這二分情形富有闡發

性。這二極現象包羅甚廣，對任何象徵行為之研究有其不可忽略的重要性，尤其是對語言之象徵行為及其損害之研究更是如此，但這兩極問題尚未受到應有的注視。什麼原因導致這忽略呢？

　　意義上之「類同」，使「後設語言」所用之記號與其前行之「語言」所用之記號得以掛鉤。同樣，「類同」把作為「喻依」之詞語與其所代替之作為「喻旨」之詞語聯接起來。結果，當建構「後設語言」以解釋一個「喻況」時，學者們擁有許多性質相近的方法去談論一個「隱喻」，而對「旁喻」則覺得難以處理。〔譯者按，雅克慎把「隱喻」與「明喻」置於一邊，把「旁喻」與「提喻」置於另一邊，謂前者基於類同原則以建立，而後者則基於毗鄰原則。「喻況」則包括這四種喻況辭格。文中所謂隱喻，意指類同原則，而旁喻意指毗鄰原則。〕因此，在「旁喻」的理論上，我們能找到的徵引資料，與在「隱喻」上所找到的豐富資料相比，真有天淵之別。職是之故，浪漫主義與「隱喻原則」相掛鉤，已為學者所共識，但寫實主義與「旁喻原則」同樣密切之關係，則為人所忽略。學術上之偏重「隱喻」，不僅是由於研究工作之偏失，也是由於研究對象偏向詩歌之故。詩歌往往專注於記號本身，而實用之散文則偏重於其指涉上。於是，「隱喻」與「象徵」遂因其皆為詩歌底技巧而被研究。誠然，「類同原則」在詩歌之背後支撐著，如詩行在格律上之平行主義，押韻之諸字其音韻之對等，皆促進我們對其在語意上之平行與對照之覺察。同時，韻律與文法結合，故只有合文法的與反文法的韻律可言，而沒有所謂超乎文法的韻律安排。相反地，散文則主要以「毗鄰法」進行。因此，詩歌之用「隱喻法」而散文之用「旁喻法」以進行，最自然不過，而對詩歌底喻況語言之研究遂主要指

向「隱喻」。理應二分天下的局面，卻被這些研究人為地改變為被去了一頭的單向格局——這傾向竟與我們所論述的失語症二型之一不謀而合，也就是與「毗鄰軸」上受干擾的失語症不謀而合，使人驚訝。（完）

附註

1. F. de Saussure, *Cours de linguistique generale* (Paris, 1922), pp. 68 f. and 170f.

2. C. S. *Peirce, Collected Papers*, II and IV (Cambridge, Mass., 1932, 1934) – see Index of subjects.

3. K. Goldstein, *Language and Language Disturbances* (New York, 1948).

4. C. S. Peirce, "The icon, index and symbol," *Collected Papers*, II (Cambridge, Mass., 1932).

5. Roman Jakobson, "Results of the Conference of Anthropologists and Linguists", *Indiana University Publications in Anthropology and Linguistics*, VIII, p. 15. This paper is reproduced in Roman Jakobson, *Collected Writings*, Vol. II (The Hague, 1971), pp. 554-567.

6. H. Jackson, "Notes on the physiology and pathology of the nervous system" (1968), *Brain*, XXXVIII (1915), pp. 65-171.

7. H. Jackson, "On affections of speech from disease of the brain" (1879), *Brain*, XXXVIII (1915), pp. 107-29.

8. S. Freud, *Die Traumdeutung*, 9th ed. (Vienna, 1950).

9. J. G. Frazer, *The Golden Bough: A Study in Magic and Religion*, Part I, 3rd ed. (Vienna, 1950), chapter III.

國家圖書館出版品預行編目資料

中西視野的翻譯學概論

古添洪著. – 初版. – 臺北市：臺灣學生，2019.03
面；公分

ISBN 978-957-15-1791-9 (平裝)

1. 翻譯學

811.7   107023806

中西視野的翻譯學概論

著　作　者　古添洪
出　版　者　臺灣學生書局有限公司
發　行　人　楊雲龍
發　行　所　臺灣學生書局有限公司
地　　　址　臺北市和平東路一段 75 巷 11 號
劃　撥　帳　號　00024668
電　　　話　(02)23928185
傳　　　眞　(02)23928105
E - m a i l　student.book@msa.hinet.net
網　　　址　www.studentbook.com.tw
登記證字號　行政院新聞局局版北市業字第玖捌壹號
定　　　價　新臺幣三六〇元
出　版　日　期　二〇一九年三月初版
I　S　B　N　978-957-15-1791-9